Aus der Reihe
Vertraute des Vargs

Alessandra Storm

Schwarzes Fell

Bibliografische Information der Deutschen Nationalbibliothek: Die Deutsche Nationalbibliothek verzeichnet diese Publikation in der Deutschen Nationalbibliografie; detaillierte bibliografische Daten sind im Internet über dnb.dnb.de abrufbar.

Das Werk, einschließlich seiner Teile, ist urheberrechtlich geschützt. Jede Verwertung ist ohne Zustimmung des Verlages und des Autors unzulässig. Dies gilt insbesondere für die elektronische oder sonstige Vervielfältigung, Übersetzung, Verbreitung und öffentliche Zugänglichmachung.

© 2015 by Alessandra Storm
Herstellung und Verlag:
BoD – Books on Demand, Norderstedt
ISBN: 978-3-7412-0820-1

Kapitel 1

Ihr Herz raste und sie presste sich mit dem Rücken gegen die steinerne Hauswand, als würde sie versuchen, mit ihr eins zu werden. Vermutlich war das auch die einzige Möglichkeit, die mich retten könnte, dachte sie düster. Sie hielt die Augen geschlossen und versuchte nicht zu atmen, um sich möglichst schnell aufzulösen. Vielleicht lief *es* ja einfach wieder weg.

Doch irgendwie klang es eher so, als würde es sich gar nicht mehr bewegen. Sie öffnete die Augen einen Spalt und wimmerte beinah, als sie das Wesen sah, was keine zehn Meter von ihr weg auf dem Hof stand. Es war ein Werwolf, denn anders konnte sie das Wesen nicht beschreiben... Auch, wenn der Begriff ihr absolut unpassend für ein reales Wesen vorkam. Aber es sah eben wie ein riesiger Mann mit schwarzem Fell, Klauen, Schwanz und Wolfskopf aus. Und *es* stand absolut regungslos auf zwei Beinen da und wartete offenbar auf etwas.

Das Vieh war knurrend aus dem Nichts aufgetaucht, als sie das geerbte, riesige Anwesen von außen hatte erkunden wollen. Gelbe, in der Dunkelheit leuchtende Augen hatten sie kurz gestreift und nun stand es mit dem Rücken zu ihr auf zwei Beinen sprungbereit da. Die schwarzen spitzen Ohren zuckten hin und wieder, aber sie selbst konnte nichts außer dem Wind hören.

Als sie nach gefühlten tausend Jahren keine Veränderung des Wesens feststellen konnte, wagte sie es, einen zaghaften Schritt nach rechts zu tun. Versteinerte aber sofort wieder, als ihr Fuß zu laut über den Boden kratze.

Sehr gut, dachte sie bitter. *In dem Tempo würde sie definitiv gefressen werden…*
Als hätte das Monster ihre Gedanken über das Gefressen-Werden gehört, bewegte es sich nun. Sie vernahm das leise, bedrohliche Knurren bis ins Mark und dann sah sie, wie das Wesen auf sie zu spurtete. Der Angstschrei war ihr nicht ganz entwichen, als es schon bei ihr war.
Und an ihr vorbei.
Vollkommen verwirrt drehte sie sich um und sah wie der schwarze Werwolf sich mit einem dunkelgrauen bekämpfte. Sie schnappten nacheinander, warfen sich auf den Gegner, um die Zähne in ihn zu schlagen oder um ihn mit den Klauen zu treffen. Trotz ihrer Panik erkannte sie, dass das vielleicht ihre Möglichkeit zu fliehen war. Solange die Wölfe einander zerfleischten, sahen sie nicht zu ihr. Zitternd und mit weichen Knien stolperte sie los. Tatsächlich schaffte sie es nur mit einem Sturz bis zu ihrem Auto, wo sie die Tür zu knallte und es sofort verriegelte.
Kurz vorm Hyperventilieren steckten ihre klammen Finger den Schlüssel ins Zündschloss. Ein Brüllen ließ sie den Kopf hochreißen, so dass sie gerade noch sah, wie der erste Werwolf den anderen in einem hohen Bogen - gut zehn Meter weit - gegen die Hauswand schleuderte. Es gab ein ohrenbetäubendes Krachen, als das Fenster zerbarst. Glas und Holz prasselten mit dem geworfenen Wolf auf den Boden herab. Der graue Wolf rappelte sich vom Boden auf, doch anstatt wieder anzugreifen, rannte er nach einer fiesen Grimasse mit vielen scharfen Zähnen in die Dunkelheit der Nacht davon.

Kaum atmend und erstarrt saß sie hinter dem Lenkrad, was sie umklammerte, und sah zu, wie eine Staubschicht sich auf das schwarze Fell des zurückgebliebenen Werwolfs legte, der sie seinerseits mit diesen glühenden Augen anstarrte. Dann richtete er sich auf zwei Beine auf und stand wieder wie ein Mann da. Nach dem Körperbau schloss sie, dass es sich in der Tat um einen männlichen Werwolf handeln musste. Erschrocken kniff sie die Augen zu, bevor sie zu viel sah.
Hosen gab es offenbar nicht!
Sie hörte Rufe, die aus dem Haus zu kommen schienen. Ein Schreck durchfuhr sie und sie startete den Motor - oder eher sie wollte ihn starten. Denn er sprang nicht an.
Bitte, flehte sie in ihrem Kopf. *Gott, bitte, nur einmal!*
Sie versuchte es mehrere Male, aber nichts geschah. Als sie wieder aufsah, war das Wesen weg. Stattdessen kam eine ältere Frau zielstrebig auf sie zu. Bei ihr angekommen klopfte sie an das Seitenfenster des Autos und deutete ihr, dieses herunter zu lassen. Sie drückte mit eiskalten, schwitzigen Fingern den Knopf. Warum war ihr unklar, denn eigentlich wollte sie nur wild um sich schlagen und niemanden an sich ran lassen.
„Hallo, ich bin Paige. Wir haben auf deinen Besuch gewartet, nur zu dumm, dass du zu so einem blöden Zeitpunkt gekommen bist. Aber, wenn du dich beeilst, dann muntere ich dich mit einem Schokoladenkuchen wieder auf."
Zwar hörte sie die nette Stimme und Worte „Besuch" und „Kuchen", doch sie glotzte die Frau nur verständ-

nislos an und dachte: War diese Frau auch ein Werwolf? Und wenn nicht, wo war der *andere* Werwolf? Und der *andere*...?
Und verfluchter Dreck, wie viele Monster rannten hier durch den beschissenen Wald? Hysterie blubberte in ihr hoch, dass sie fast wie irre angefangen hätte zu lachen. Aber sie fuhr sich eilig mit den Fingern über die Stirn. Versuchte keinen Laut zu machen und irgendwie... *zu entkommen? Eine Lösung zu finden?*
Sie hockte da wie ein Häufchen Elend mit rasendem und stotterndem Herzen und blickte ungläubig in das faltige, gebräunte Gesicht mit der grauen Lockenmähne, während sie immer wieder um sich schielte.
„Ich... bin zu einem *blöden* Zeitpunkt gekommen?", brachte sie dann raus, als ihr aufging, dass die Worte der Frau irgendwie nicht recht zu der verrückten Situation passten.
Die Frau, die übrigens wirklich Tante Paige sein musste lachte. Ihre Eltern hatten oft gesagt, dass Paige und ihr Mann ihre besten Freunde waren. Und dass sie sich um das alte Familienanwesen kümmerte, was vor all der Zeit ihr Urgroßvater hatte bauen lassen.
„Naja, wir hatten gehofft, dass es ruhig sein würde! Aber diese stumpfsinnigen Quälgeister... Wilde Vargs", stockte Paige und lächelte sie dabei an, als sollte sie das alles verstehen und Verständnis haben. Tat sie aber nicht... Sie verstand gar nichts.
„Vargs?", echote sie nur.
Ihre Tante, die eigentlich nicht ihre Tante war, lächelte erst nur weiter. Aber dann blinzelte sie und ihr Gesicht zuckte kurz, als ihr wohl aufging, dass hier etwas nicht

stimmte. Etwas ganz und gar nicht passte. Erneut musterte die Frau ihr Gesicht und schien kalt erwischt.
„Ach, Kind. Du weißt gar nichts von allem, oder?"
Stumm nickte sie nur über das Offensichtliche.
„Hat Christina nie über die Wurzeln deiner Familie gesprochen?" Bei dem Namen ihrer Mutter wurde ihr elend.
„Nein, ich weiß überhaupt nicht, was hier los ist", bestätigte sie nur trocken.
Paige war nun deutlich weniger lebhaft geworden und sie sah sie mitfühlend an. „Hab nicht so eine Angst. Ich habe fünf Söhne. Alle fünf sind große, einschüchternde Kerle, die auf uns aufpassen. Versprochen. Keiner wird dir etwas antun können."
Als sie sich nicht rührte, wandte Paige den Oberkörper zum Haus. „Nur, wenn ich hier länger mit dir quatsche, könnte es sein, dass der Kuchen gleich weg ist." Das sollte sie wohl auf andere Gedanken bringen. „Sie sind wirklich verfressen. Fressen mir die letzten Haare vom Kopf, weswegen wir heilfroh sind, dass wir nie für das Haus zahlen mussten."
Den Wortschwall von Paige ignorierend schüttelte sie den Kopf und versuchte wieder, den Motor zu starten, und fing fast an panisch zu heulen, als es nicht ging.
Das war alles zu viel für sie. Das wäre für jeden Menschen zu viel, der trotz der ganzen Fantasy-Filme Hollywoods nicht an Monster glaubte. Also, die geistig gesunden Menschen…
War sie geisteskrank?
„Na, komm schon!", unterbrach Paige ihre Panik vor Schizophrenie, „Es passiert dir nichts!" Mitfühlende braune Augen sahen sie an. „Aber ich verstehe, dass

es etwas viel für dich ist, meine Kleine. Aber deine Eltern hätten dir ruhig sagen können, dass die väterliche Seite deiner Familie Vargs beinhaltet und zum Rudel gehörte! Warum sollte man sonst in diesem Kaff ein verdammtes Schloss bauen?"
Sie saß da, nickte kopflos und schaltete das Radio an. Sie wollte nichts mehr von Werwölfen hören. Es lief *Thriller* von Micheal Jackson. Frustriert schrie sie auf und schaltete es wieder aus. Paige lächelte nur einen winzigen Augenblick schmerzlich und ging Richtung Haus: „Lass dir ruhig Zeit zum Denken, Mia!"

Bemüht normal zu atmen, blickte sie Paige hinterher und versuchte, alle die Worte zusammen zu bekommen. *Ihre Söhne. Vargs auf der Seite ihres Vaters...* Sie sah, wie Licht hinter dem kaputten Fenster im ersten Stock aufleuchtete und wie sich ein Lockenkopf aus der Hauswand streckte. Sie hörte Gelächter. Dann sah sie einen Jungen aus dem Haus kommen. Er war groß und hager. Nur mit Jeans und einem mitgenommenen T-Shirt bekleidet lief er um das Haus herum, blieb bei dem Loch stehen und sah nach oben. Er rief dem Jungen mit dem Lockenkopf etwas zu, worauf dieser verschwand, und er sich dann zu ihr drehte. Langsam schlenderte er auf sie zu.
Sie rutschte in ihrem Sitz tiefer. Er wartete nicht, bis er bei ihr ankam, sondern redete einfach drauf los. Aber sie hörte ihn auch so. Seine Stimme war erstaunlich tief und laut.
„He, du musst die neue Besitzerin vom Haus sein. Lässt du das Loch in meinem Schlafzimmer reparieren?", er wies hinter sich.

Sie zuckte mit den Schultern, immerhin hatte sie genug Geld, um so viele Häuser, wie sie wollte, bauen oder reparieren zu lassen. Dann könnte sie auch das Haus der Werwölfe reparieren lassen... *Warum verdammt auch nicht? War jetzt auch nicht weiter tragisch...*
Er grinste sie breit an und entblößte dabei unglaublich viele und weiße Zähne.
„Hast eine riesen Angst, nicht wahr?"
Das war keine Frage. Es war eine Feststellung.
Verschwörerisch beugte sich der Teenager etwas zu ihr runter und legte eine Hand auf das Autodach. „Ich bin Cameron. Du kannst Cam sagen, wenn du willst. Aber eigentlich auch, wenn du nicht willst. Ist mir einfach lieber. Und wie willst du genannt werden?"
Sie sah verdutzt in die großen schwarzen Augen und fragte sich, ob sie die einzige hier war, die das alles als unnormal empfand.
„Ich bin Mia Ashcroft... Und eigentlich will ich gar nicht mehr hier sein, aber leider geht mein Motor nicht mehr an."
Der Junge zog seine schwarzen Augenbrauen hoch und schüttelte den Kopf. „Klar, geht der nicht mehr an!"
Sie wurde leicht zornig: „Wieso das denn nicht? Vor einer Viertelstunde ging er noch."
„Keine Ahnung, aber das ratternde Geräusch war jedenfalls zuhören, bevor man das Ding hier sah. Aber vielleicht ist ja einfach nur die Batterie leer, kein Plan. Aber ist auch besser so. Ein wahrer Schicksalsstreich! Denn wir wollen doch nicht, dass du in lauter Panik,

anderen von uns erzählst – zum Beispiel der Polizei oder irgendwelchen Irren aus dem Internet. Und das hätte passieren können, wenn du abgehauen wärst."
Prüfend musterte er das Mietauto, einen kleinen Honda. Dann sah er sie wieder an, ohne dass sie selbst etwas dazu sagen konnte. Ihr Kopf war wie leer.
„Schon krass, dass du nichts von uns wusstest, wo du doch fast zum Rudel gehörst. Jedenfalls ist die Karre im Arsch!"
„Ich will hier weg!", brach ihr einziger Gedanke heraus und sie funkelte ihn wütend an. „Gebt mir ein anderes Auto. Ich bezahle es! Dann fahre ich ruhig nach Hause, setze mich vor mein leeres Aquarium und werde gar nichts tun. Keine Sorge, ich werde NIE sagen, was ich gesehen habe. Und wenn, dann sag ich es nur meinen stummen, neuen Fischen, die dann vermutlich denken, ihr Frauchen ist bescheuert. Ich bin doch nicht blöd und sage es jemanden! Dann komme ich nur in eine Zwangsjacke!"
Sie stoppte.
Und es tauchte erneut die Frage in ihrem Kopf auf, ob sie vielleicht doch geisteskrank war. Denn so etwas wie Werwölfe - Vargs verbesserte sie sich - gab es schließlich nicht. Sie sank wieder soweit in sich zusammen, wie das mit Knochen möglich war, und strich ihre langen Haare hinter die Ohren. Segelohren um genau zu sein.
„Bin ich verrückt, Cam? Also so richtig geisteskrank?"
Der Junge gluckste freudig und klopfte gegen das Autodach.

„Na, komm schon! Der Kuchen ist super. Und vielleicht bekommst du ein paar Krümel ab, wenn du jetzt aufhörst zu zicken."

Etwas an seiner offenen, unbekümmerten Art brachte sie zum Durchatmen. „Ich hab nur leider das Gefühl, dass ich umfalle, wenn ich versuche auszusteigen", gestand sie leise.

Er grinste nur von einem Ohr bis zum andern. „Keine Sorge ich bin stärker, als ich aussehe." Probeweise hob er einen Arm in Bodybuilder-Manier und führte einige Posen vor.

Das glaubte sie ihm sofort, auch wenn der Arm lang und schlaksig war. Aber bei der Körpergröße und den breiten Schultern sprach das für sich und er würde mit Sicherheit noch in seine Größe reinwachsen.

Immer noch unsicher stieg sie jedenfalls aus und stand dann neben einem sie anfixenden Teen Wolf, der sie weit überragte und sich auf den Fußballen hin- und herwiegte. „Willkommen Zuhause, Lady Croft!"

Sie runzelte die Stirn, nachdem sie verstand: „Ich bin nicht Lara Croft." Aber Cam marschierte schon los. „Ist mein Lieblingsfilm. Hat alles: Action, Angelina Jolie."

Ihr blieb nichts übrig, außer ihm nach zu laufen.

Begeistert vor sich hinredend führte sie Cam durch die gigantische Eingangshalle mit zwei königlich anmutenden Treppen, die links und rechts an der Seite entlang nach oben führten. Gemälde und dazwischen gehängte Fotos, die überhaupt nicht zum Rest passten, schmückten die Wände. Der Kronleuchter erhellte die große Eingangshalle allerdings nur spärlich. Cam führte sie unter der linken Treppe hindurch, in einen

schmalen Flur, der in einer großen Wohnküche endete.
In diesen Raum hätten auch ein oder zwei Schulklassen gepasst. Die Einrichtung schien irgendwie aus dem Mittelalter und den Neunzigern zugleich zu stammen. Schwere, dunkle Holzmöbel und den ein oder anderen Kitsch. An einem langen, antiken und sehr abgenutzten Holztisch saßen zwei Personen.
Ein Mann, so um die Fünfunddreißig, der auf Mia wegen seiner riesigen und breiten Bauart wie ein Bär wirkte. Er hatte kurzes grauschwarzes Haar, lachende braune Augen und einen kauenden Mund, der ebenfalls grinste. Vor ihm auf dem Teller lag wortwörtlich der halbe Kuchen, der Rest stand auf einer Platte vor dem jüngeren Mann zu seiner Linken. Er war schmal und groß wie Cam, aber sein Haar war dunkel blond und lang. Er hatte es nach hinten zusammen gebunden und hielt einen Eisbeutel auf seine Stirn gedrückt. Graue Augen sahen Mia wach und abschätzend an. Im Gegensatz zu dem Bär-Typen sah Blondie weder Paige noch Cam ähnlich.
Ihre „Tante" Paige stand am Herd und schien irgendetwas zu kochen. Es roch süßlich nach Vanille, Zimt und nach Früchten.
Mia konnte ihren Blick aber nicht von den beiden Riesen vor ihr abwenden, da sie sich ständig fragte, wann sie sich verwandeln würden und sie anfallen wollten.
„Also, der Breite ist Connor, mein ältester Bruder, und der Blonde ist Fergus. Und du hast Glück, ich teile mit dir die andere Hälfte des Kuchens!" Womit er die Kuchenplatte von Fergus wegzog und sich davor fallen ließ.

„Wie ritterlich!", rutsche es ihr spöttisch raus. Als sie sich auf die Zunge beißen wollte, hörte Mia nur, wie Connor leise, aber rumpelnd auflachte.
Sie setzte sich neben Cam an den Tisch. Gegenüber von Connor, der seine Gabel hob wie einen Zeigestock: „Wärst du heute Morgen gekommen, wie von uns allen erwartet, wäre nix passiert! Dass die Leute sich auch nie an die Zeiten halten können."
Dann aß er weiter, nachdem er ihr schelmisch zu gezwinkert hatte. So als hätte er nichts gesagt. Paige schnalzte mit der Zunge und stellte Milchreis auf den Tisch. Eine solche Menge, dass Mia nicht wagte zu fragen, wie viele denn zum Essen erwartet wurden. Aber dann begann Cam sich etwas auf seinen Teller, pardon Platte, zu schaufeln. Vermutlich hatte der junge Glücksritter vergessen, dass er ihr versprochen hatte zu teilen.
Paige stellte aber eine gefüllte Schale vor ihre Nase: „Iss so viel du willst!" Dann lief sie zurück zum Herd und rührte in einem anderen Topf weiter.

Also saß sie mit verkrampften, in sich verknoteten Fingern da und sah um sich herum Riesen, die alles in sich hineinschaufelten, während ihr übel war und sie nichts anrührte. Aber es stimmte nicht ganz, dass sie die einzige war, die nichts aß. Der Blonde taxierte sie aus schmalen grauen Augen, als wollte er sie gleich ins Kreuzfeuer nehmen und aß ebenfalls nichts. Er bewegte sich überhaupt nicht. Der Eisbeutel lag Wasser um sich sammelnd auf dem Tisch. Mia wartete drauf, dass er auf sie losgehen würde oder zumindest etwas

sagte, aber er tat nichts. Unruhig rutschte sie auf dem polierten Holz des Stuhls herum.
„Wo sind eigentlich unsere beiden anderen abgeblieben?", durchbrach Paige das Schweigen. „Sie sind doch nicht hinter den anderen her, oder?" Besorgt trat sie an den Tisch. „Ich habe ihnen doch gesagt, dass sie sobald wie möglich…"
„Also Zayn ist schon oben", unterbrach Cam seine Mutter und sein Kauen. „Er begutachtet den Schaden. Und ich vermute, dass Seth die Sache allein regeln gegangen ist", sagte er Schultern zuckend.
Paige atmete scharf ein und sah ihren ältesten Sohn bittend an. Dieser brummte und stand auf. „Ich geh ja schon!" Damit erhob er sich schwerfällig und küsste seiner Mutter kurz auf den Kopf. Beim Rausgehen gab er Fergus ein Zeichen, der sie kurz weiter fixierte, dann jedoch leichtfüßig aufsprang und Connor lautlos mit der Eleganz eines Profikillers folgte. Kurz danach krachte die schwere Eichenholztür der Eingangshalle ins Schloss.

Paige sah ihnen wortlos nach, selbst als sie lange verschwunden waren. Mia entging der dünne Mund der älteren Frau nicht. Dann drehte sie sich aber zu ihr: „Ich bin ja froh, dass dir nichts passiert ist, Mia. Du hast Glück, dass Seth da war!"
Mia fragte nicht, wer dieser Seth war und was er gerade tat, wenn er eine *Sache* regelte. Sie trank etwas von dem Kaffee, den Paige ihr eingossen und neben ihr unangerührtes Essen gestellt hatte. Die alte Jugendfreundin ihrer Mutter setzte sich seufzend zu ihr.

„Hast du dich denn vom ersten Schock beruhigt?",
fragte sie, während sie Mias Hand tätschelte.
Sie nickte verhalten und wollte lieber nicht in sich hinein horchen, ob das auch stimmte. Paige entzog mit strengem Blick Cam den Rest des Kuchens. Dieser sagte nichts, aber seine dunklen Augen verfolgten den Nachtisch gebannt. Es war nur noch ein kleines Stück übrig. Paige schob es ihr nickend zu, aber sie würde das nie alleine schaffen. Sie sah Cams neidischen Blick. Wie ein trauriger Welpe. Der Kleine und die liebevolle Art von Paige streichelten ihre überreizten Nerven. Was auch immer hier für ein Wahnsinn geschah, die alten Freunde ihrer Familie waren eigentlich anständige Leute. Das spürte sie.
Allerdings konnte sie die Panik der letzten halben Stunde nicht ganz hinter sich lassen.
Es war zu surreal!
Erstens, gab es einfach keine Monster. Es war die schiere Angst vor dem unbekannten Monströsen. Ihr Verstand konnte es nicht verarbeiten, was sie gesehen hatte. *So etwas gab es nicht! Also war sie geisteskrank! Punkt!*
Und zweitens, war da gerade ein Kampf vor ihrer Nase passiert, ob das nun Vargs, Drogendealer in Kostümen oder riesige Hunde gewesen waren. Tatsache war, dass das Adrenalin durch ihren Körper gejagt war, als zwei gigantische Wesen sich geprügelt hatten, während sie daneben gestanden hatte. Mia fühlte sich wie nach einem Banküberfall oder einem miterlebten Straßenkampf.
„Ich habe noch einen Kuchen im Backofen! Typisch Wölfe!", jammerte Paige. Mia lächelte zerknittert,

schob dann Cam aber leise den zuvor vor ihm geretteten Kuchen wieder zu.

Cam dankte stumm und stopfte scheinbar mit einem Bissen den Rest des Kuchens in sich.

„Na, komm wir essen doch jetzt oft in der Schule mit. Du kannst nicht klagen!". Würgte Cam beim Schlucken hervor, während wohl nur er den Sinn seiner Worte zu verstehen vermochte. Paige verdrehte die Augen und berührte Mias Schulter: „Bist du müde? Ich habe dir ein Zimmer hergerichtet – weit weg von den Rabauken. Wenn du willst, kannst du schlafen gehen oder dich einfach nur zurückziehen."

„Ich kann jetzt doch nicht schlafen. Vermutlich nie wieder Ich habe ein Gefühl, als hätte mir ein Pferd gegen den Kopf getreten und als...."

„Du kennst das Gefühl? Das ist mir jetzt schon zwei Mal passiert..."

Sie starrte Cam an. Dieser lachte, als er verstand, dass sie das nur so gesagt hat. „Naja, die Nachbarn haben Pferde", schloss er lahm.

Eigentlich wollte Mia nun endlich reden, aber sie kam nicht weit.

Hinter ihnen polterte jemand die Treppe in die Eingangshalle hinunter und trappte zur Küche, die links von dieser lag.

„So ein Scheiß!", ein zorniges Knurren ertönte hinter ihr. Ihre Nackenhaare wanderten hoch und sämtliche Fragen wurden mal wieder zurückgedrängt.

In diesem Haus ging es wie im Irrenhaus zu.

„Wieso hat Seth den blöden Mistkerl gerade auf meinen Schreitisch geworfen? Ich hatte da irgendwo meine Hausaufgaben liegen!" Wieder ein Knurren,

aber es war weniger bedrohlich. Langsam wandte sie sich zu dem wütenden Knurrer um. Es war ein Junge mit mehreren Heften über den Armen und der wütend auf diese herabsah. Seine langen Finger sortierten Blätter hinein. Er schien in Cams Alter. Vielleicht sechzehn oder siebzehn.
„Zayn, wir haben Besuch!", seine Mutter klang plötzlich recht streng.
Er blickte erschrocken auf und sah Mia völlig verdattert an. „Stimmt, ja!" Dann lief er auf sie zu und gab ihr die Hand. „Du bist Mia, richtig? Dann viel Spaß hier im Schloss Igor", sagte er verächtlich.
Seine Mutter murmelte irgendetwas und schaufelte noch mehr Milchreis in Mias kleine Schale, obwohl sie diese gar nicht angerührt hatte.
„Ist Seth wieder da? Er kann sich ruhig entschuldigen für das Durcheinander!", beschwerte sich die Mutter der Jungs. Was eher ironisch klang, aber Zayn ignorierte das. „Sehe ich auch so!", grollte er nur.
Cam funkelte seinen Bruder an, der der Lockenkopf war, den sie zuvor gesehen hatte. „Wenn du an deinem Posten gewesen wärst, hättest du das ja selbst regeln können. Würd ja gern wissen, ob dann kein Schreibtisch zu Bruch gegangen wäre. Vermutlich nicht, sondern eher dein Dickschädel!"
Zayn lehnte sich zurück und sah auf eins seiner Bücher nieder. Scheinbar nicht gewillt seinem Bruder zu antworten. Mia fiel es schwer den Jungen nicht anzustarren. Noch nie hatte sie jemanden gesehen, der so hübsch gewesen ist. Er hatte schwarzbraune Locken, die glänzend in alle Richtungen zeigten und auf sein Gesicht einen tiefen Schatten warfen, solange er den

Kopf gesenkt hatte. Sein Gesicht war recht schmal, mit einer geraden, scharf geschnittenen Nase und einem vollem, breiten Mund. Das Kinn und der Unterkiefer waren recht ausgeprägt, so dass sein Gesicht etwas Kantiges erhielt. Aber durch die großen grünen Augen und die langen Wimpern übersah man das fast. Überhaupt war das Gesicht so klar und fein geschnitten, dass es eher zu einer Skulptur des Adonis gehören müsste, als zu einem lebenden Menschen. *Aber er war ja auch kein Mensch...*
Cam kicherte und stieß sie an. Mia rieb sich die Stelle und blickte ihn verwundert an. „Lass das besser. Er kann das nicht leiden, wenn man ihn anhimmelt. Nicht war, Barbie?"
Zayn sah schlecht gelaunt auf und verzog das Gesicht zu einer Fratze. In seinen grünen Augen verdüsterte es sich.
„Siehst du? Er ist da sehr empfindlich!", gackerte Cam.
„Ich gebe dir gleich empfindlich. Kannst du nicht einmal, deine große Klappe halten?"
Cam zuckte leichthin mit den Achseln. „Scheinbar nicht, Barbie!"
Paige gab dem vorlauten Cam einen Klaps auf den Hinterkopf. „Ich will, dass ihr beiden jetzt hoch geht und eure Hausaufgaben macht. Besonders du, Cam! Ich will nicht schon wieder von Mrs. Henderson angerufen werden."
Zayn verschwand wortlos. Scheinbar froh darum, nicht weiter in Gesellschaft sein zu müssen, da er es eh nicht zu schaffen schien, aus seinen Unterlagen aufzutauchen. Cam ging hingegen sehr schleppend. So als

würde er nach einem Grund suchen, wieso er auf keinen Fall das machen konnte, was seine Mutter sagte.

Doch dann waren Mia und Paige alleine und sie war erleichtert, auch wenn sie den kleinen Glücksritter sehr mochte.
„Ach, Kleines! Es tut mir wirklich leid. Ich wollte dir hier eine erholsame Zeit bereiten. Ich weiß, dass der Tod deiner Mutter hart sein muss, auch wenn es jetzt schon fast ein halbes Jahr ist… Und eigentlich sollten sie sich alle benehmen, was ich zugegebener Maßen nicht wirklich erwartet habe." Sie rieb sich über die Stirn.
„Und ich hätte auch nie angenommen, dass du nicht eingeweiht bist. Aber nun ja. So ist das Leben halt: Es kommt alles anders, als man denkt." Sie lächelte Mia warm und fast schmerzlich an. „Ich vermisse sie auch!"
Mia wusste nicht recht, was sie darauf sagen sollte. Tränen schwammen vor ihren Augen. Es gab so viel, was ihr im Kopf herumschwirrte. Aber das Beileid war echt. Das hatte sie schon gewusst, als sie mit Paige telefoniert hatte.
„Danke", sagte sie daher nur leise.
Paige legte nachdenklich den Kopf schief und schien etwas sagen zu wollen, überlegte es sich dann aber anders. Sie stand auf: „Hast du noch Hunger?"
Sie schüttelte den Kopf und sah unglücklich auf den Tisch, als sich Paige abwandte.
Plötzlich war alles wieder da. Das Gefühl von Leere. Sie hatte nie viele Freunde gehabt, dazu waren sie zu oft umgezogen. Und so seltsam es klang, sie hatte doch die meiste Zeit mit ihrer Mutter verbracht. Nun war

das große Haus in Boston plötzlich leer. Und niemand rief sie ständig bei der Arbeit an. Und niemand fragte sie, was sie essen wollte, wenn sie abends alleine zuhause war.

„Och, ich bin ein Trampel, oder?", fuhr Paige fort zu reden. „Naja. Hör zu. Ich kannte deinen Vater und deine Mutter, solange ich denken kann. Und wir machten immer Witze darüber, dass sie mal heiraten und hier in diesem Haus leben würden. Sie haben das nie getan. Aber jetzt gehört es dir und du kannst damit machen, was du willst."

Sie hörte die Aufrichtigkeit der Worte und die Melancholie der Frau, die sie zwar zuvor nie getroffen hatte, ihr aber irgendwie vertraut vorkam.

Mia sah auf: „Ich lasse euch natürlich das Haus. Ich kann nicht hier bleiben. Mein Geschäft und mein Zuhause ist in Boston."

„Mh, das freut mich. Ich hänge nämlich an dem alten Kasten hier. Aber Mia?" Sie fing an abzuräumen. „Bitte, bleib länger hier! Du brauchst mal etwas anderes. Hier ist Natur und immer jemand, der dir zuhört. Auch, wenn es dir jetzt wohl, wie ein Alptraum vorkommt, wir sind für dich da. Und wir freuen uns ehrlich, dass du endlich unsere Einladung angenommen hast."

Mia schluckte krampfhaft, als mehr Tränen in ihren Augen aufstiegen und ihr Hals sich zuschnürte. Ihre Mutter war von fünf Monaten an einem Herzinfarkt gestorben. Etwas womit sie niemals gerechnet hatte, denn immerhin war ihre Mutter kerngesund gewesen.

„Christina, deine Mutter war lange nicht mehr hier gewesen. Sie hatte immer alle Hände voll zu tun, aber wir

telefonierten so oft, wie wir konnten. Wir haben nie über Telefon darüber geredet, was wir sind. Deine Mutter wusste, dass es in der Familie ihres Mannes Vargs gab. Dazu kannte sie mich und Thomas sehr gut. Sie kannte alle unsere Geheimnisse und ich hatte angenommen, dass... dass deine Eltern es dir gesagt hatten, auch wenn es für dein eigenes Leben keine Rolle spielen mag. Aber immerhin ist es in deinem Blut enthalten..."
Paige sah sie noch einmal suchend an, als könne sie es einfach nicht glauben, dass Mia von ihren Eltern völlig unwissend gelassen worden war.
„Nein,… Ich kann mich an nichts dergleichen erinnern", sagte sie leise und würgte den Kloß im Hals mit Kaffee herunter, der ihr nun wirklich gut tat.
„Wir sind Freunde deiner Eltern. Unsere Familien waren vor langer Zeit eins. Ein Rudel und somit eine Familien, wenn auch nicht dem Blut nach. Sie haben uns wirklich gefehlt."
„Ja, ich weiß… Sie redete oft von euren wilden Zeiten und… ich weiß, dass sie dich als ihre Schwester im Geiste sah. Auch, wenn ihr euch nie besuchtet."
Paige gab ein verschlucktes Schluchzen von sich und presste sich die Hand vor den Mund. „Ich wünschte, dass wir zu euch hätten kommen können. Auch als dein Vater noch gelebt hatte. Aber wir konnten nie in die Stadt. Vermutlich hatten sie nie vor dir etwas zu sagen, solange es nicht nötig war. Christina wollte dein Leben normal halten."
Das nahm Mia nun auch an, aber sie sagte nichts dazu. Jetzt war es eben anders gekommen.

„Gibt es in meiner Familie noch Werwölfe?" Sie wusste, dass ihr Vater Cousins und Cousinen hatte, die aber in Europa lebten und die sie nie getroffen hatte.
„Nein, das Blut ist durch Verbindungen mit Menschen immer dünner geworden. Manche werden noch die verstärkten Fähigkeiten haben, aber die Wandlung ist nicht mehr möglich. Ich denke, dass in dir nur noch ein stummer Anteil alter DNA schlummert. Für dein Leben spielt es keine Rolle. Und wärst du nicht hierhergekommen, hättest du es wohl nie erfahren."
Besorgt blieb Paige neben ihr stehen und griff über das ebene, abgenutzte Holz des Esstisches nach ihrer Hand. „Keine Sorge, ich verspreche dir, dass das hier nichts in deinem Leben ändert", was sie durch ein Drücken ihrer Finger unterstrich. „Naja, außer dass du nun weißt, dass es eben doch Werwölfe gibt." Sie schnitt eine Grimasse, was Mia fast zum Lachen gebracht hätte, wäre das nicht alles zu viel für ihren Verstand und ihr Herz gewesen.

Kapitel 2

Spät in der Nacht saß Mia auf einem riesigen Doppelbett mit vier massiven Bettpfosten, das mit blütenweißer Wäsche bezogen war, und sah sich bezaubert um. Es war himmlisch. Wie aus einer anderen Zeit. Auch die kleinen Gemälde an der cremefarbenen Wand, die in eine idyllische Vergangenheit führten.

Aufseufzend legte Mia sich im weichen Kissen zurück und fühlte sich unglaublich müde. Sie musste an Paiges Worte denken und wäre fast in irres Gelächter ausgebrochen.

Das Wissen, das ihr eröffnete, dass es unter ihnen Werwölfe gab, veränderte einiges in ihrem Leben. Sie würde ab jetzt immer wissen, dass die Welt nicht so war, wie die meisten der Menschen annahmen. Keiner ihrer Freunde, die zugebener Maßen alle bei ihr und somit für sie arbeiteten, würde je wissen, was sie wusste. Mia würde alleine damit sein, wenn sie vor realer Panik nicht mehr in einem Wald zelten wollen würde. Denn wer weiß, was sie da im Dunkeln des Waldes belauerte und anstarrte.

Zumindest hatte Paige ihr versichert, dass es sonst - ihrem Wissen nach - keine anderen Monster oder Fantasiegestalten gab. Weder Vampire noch Feen waren real. Auch der Osterhase nicht...

Stöhnend legte sie einen Arm über ihre Augen. Und auch wenn sie nicht wollte, da sie immernoch schiere Angst im Leib hatte, die ihr zu munkelte, dass Schreckliches jeder Zeit in diesem Haus passieren könnte, schlief sie ein.

Dann am nächsten Morgen war es still. Kein Geräusch war zu hören. Sie drehte sich um, linste auf den Wecker, der bereits halb elf anzeigte, und lauschte weiter. Da sich nichts regte, stand sie zögernd auf und ging in der riesigen Wanne lange ausführlich baden.
Das bezaubernde Bad, was nur ihr gehören sollte, so lange sie hier war, konnte nur über ihr Zimmer erreicht werden und lud gerade dazu ein, dass man hier den Tag vertrödelte.
Nach dem Bad stand sie vorm Spiegel und musterte sich eingehend. Sie war dünner als früher, was aber nicht tragisch war. Aber ihr karamellbraunes Haar war länger als je zuvor, da sie es nie zum Frisör geschafft hatte. Es fiel ihr glatt bis auf den Rücken runter und war stumpf geworden. Jetzt zog sie es hinter ihren Ohren hervor, damit diese etwas verdeckt waren. Das war schon immer ihr größter Makel in ihren Augen gewesen. Dumbo-Ohren. Aber die grau-bläulichen Schatten unter den sonst großen hellbraunen Augen lenkten sie ab, sie gefielen ihr gar nicht. Es sah aus, als hätte sie einige schlaflose Nächte hinter sich.
Die außergewöhnlich helle Augenfarbe hatte sie von ihrem Vater geerbt. Einem Mann, an den sie sich kaum erinnern konnte, da er gestorben war, als sie erst fünf Jahre alt gewesen war. Wenn Aaron Ashcroft länger gelebt hätte, hätte er ihr vielleicht von seinem Erbe erzählt. Hätte ihr gesagt, dass seine Familie vargische Wurzeln hatte. Ein Erbe, was durch ihre menschliche Großmutter geschwächt und durch ihre menschliche Mutter bei Mia selbst verstummt war. Aber durch die Augen hatte er ihr etwas Vargisches vererbt, dachte sie nun. Auch wenn Paige, dass nicht gesagt hatte,

wusste sie, dass das so sein musste. Menschen hatten eigentlich keine fast gelben Augen. Außerdem war sie nie wirklich krank gewesen.
Sie zog sich eine Jeans und ein mintgrünes Top an, was sie aus ihrem Koffer fischte. Jemand hatte ihn und ihre Taschen gestern noch auf ihr Zimmer geschleppt, als sie stundenlang bei Paige gesessen hatte.
Dann ging sie halbwegs gewappnet in die Küche runter, da ihr Zimmer im ersten Stock am Ende der rechten Hausseite lag, dauerte das einige verdammt lange Minuten. Es kam ihr fast wie ein Spaziergang vor.
Das Bild, was sie dann in der Wohnküche erwartete, überrumpelte sie schier. Auf dem großen Tisch stapelten sich benutzte Teller, Gläser und Schalen, als wäre eine verdammte Footballmannschaft hier gewesen. Und eine kleine zierliche Frau in einem pinken Kapuzenpullover hüpfte hin und her und versuchte das Chaos zu beseitigen.
„Oh, hey Mia! Ich bin Rebekka." Sie schenkte ihr ein herzliches Lächeln, wobei ihre schwarzen, sehr schmalen Augen fast verschwanden. „Ich bin Connors Frau."
Dabei biss sich Mia auf die Zunge. Dieses Paar musste zusammen aussehen wie ein Bär und ein emsiges Eichhörnchen.
„Ähm, schön dich kennenzulernen", sagte sie stattdessen und begann einige Schalen vom Tisch zu nehmen, um ihr zu helfen.
Daraufhin tobte Bekka aber nur und schob sie raus in den Garten. „Leg dich etwas in die Morgensonne. Ich bringe dir Kaffee! Du brauchst Ruhe!"
Als wäre sie schwer krank und gebrechlich...
Und schon war Rebekka wieder weg.

Also legte sich Mia kommentarlos auf einen der Liegestühle nahe der Hauswand und blickte trübsinnig vor sich auf den blauen Swimmingpool. In der klaren Oberfläche spiegelten sich die noch grünen Ahornbäume, die an das Grundstück eingrenzten. Sie sah zu, wie die Bäume scheinbar sanft auf dem Wasser schwammen. Das warme Wetter der letzten Tage des Indian Summers war einschläfernd und sie wäre beinah wieder eingedöst, wenn nicht plötzlich ein schwarzhaariger Mann zwischen den Bäumen aufgetaucht wäre, dessen Silhouette sich im Wasser spiegelte. Sie beobachte, wie er sich langsam aber nicht zögernd näherte, während er sie ihm Augen behielt.
Zaghaft hob sie den Kopf, als er fast am Rand des Pools angelangt war und seine Umrisse im Wasser verschwanden, statt deutlicher zu werden, und sah ihn direkt an.
Er blieb stehen und betrachtete sie weiter, als wartete er ab, ob sie etwas tun würde. Doch als sie nur wie gebannt zu ihm sah, ging er weiter auf sie zu. Als er nur noch wenige Meter von ihr entfernt war, schob er die Hände in die Hosentaschen seiner Jeans und blieb wiederrum stehen. Kaum merklich nickte er ihr zu.
Der Mann war größer als Cam. Sie schätzte ihn auf zwei Meter. Er hatte pechschwarzes, etwas zu langes Haar und trug nur eine völlig verdreckte Jeans und ein graues T-Shirt, was am Hals eingerissen war und dunkle Flecken aufwies. Er trug keine Schuhe. Verdreckte, verflucht große Füße standen auf dem bloßen Boden. Außerdem war er unrasiert und sehr gebräunt, so dass die hellen Augen herausstachen wie Edel-

steine. Wenn er nicht so verdammt gesund und athletisch ausgesehen hätte, hätte sie ihn für einen Landstreicher gehalten. Aber er war eher jemand, der immer draußen war und... mehr wie ein Raubtier, schoss es durch ihren Kopf.
Auf ihre nun völlig unnatürlich erstarrte Haltung reagierte er seinerseits mit keiner Regung. Seine brennend hellen Augen blickten in ihre. Sie wollte wegsehen, konnte aber keine Kraft aufbringen. Der Moment war zum Schreien. Angst und erotische Bilder mischten sich.
Doch irgendwann lösten sich seine schmutzigen Füße vom Boden und er lief weiter auf das Haus zu, wobei er einen relativen großen Bogen um sie machte. Dann verschwand er genauso lautlos, wie er aus dem Wald gekommen war, im Inneren des Hauses.

Als Bekka wenig später zu ihr hinaustrat, saß sie immer noch wie ein angeschossenes Reh auf der Liege. „Alles gut mit dir? Was ist passiert?", sie sah sich mit zusammengekniffenen Augen um.
Mia bekam langsam die Idee, dass ihre Familie vermutlich Inuits waren. Auch wenn ihre Haare etwas welliger waren und sich sanftes Braun in die schwarze Mähne gemogelt hatte.
„Ähm, da kam nur ein Mann aus dem Wald und ging ins Haus."
Die Antwort war hohl, selbst in ihren Ohren. Aber sie wollte nicht zugeben, dass sie feige und kopflos zur Salzsäule mutiert war, nur weil ein fremder Mann sich genähert hatte.

Erst jetzt dachte sie daran, dass sie vielleicht besser zur Warnung gerufen hätte oder so.
„War das eine Dieb oder ein… Feind?", beeilte sie sich zu sagen, als sie an den angreifenden Varg der letzten Nacht dachte. Blut rauschte in ihren Ohren, als ihr die Gefahr noch klarer wurde, während sie so kopflos hier im Freien gehockt hatte.
Die Körperhaltung der kleineren Frau sagte ihr aber schnell, dass dem nicht so war.
„Ach, das war nur Seth. Keine Sorge, wenn es ein Eindringling gewesen wäre, dann wäre hier schneller die Hölle losgewesen, als du Hackbraten sagen kannst."
Sie setzte sich neben Mia auf die andere Liege. „Vor dem Mittag sind wir alleine. Die Männer schlafen nach so einer Nacht meist durch und die beiden Jungs sind in der Schule."
Bekka schielte lächelnd zu ihr: „Du gehst mit dem allem super um!"
Ein Schnauben entfuhr Mia: „Nicht das ich wüsste. Ich bin völlig erledigt und fühle mich wie nach einem Schleudertrauma. Außerdem zweifle ich an meinem Verstand."
„Nein, du hältst dich toll! Andere würden weglaufen oder schreien oder… so." Sie kicherte über ihre Worte und sah Mia mit Freude an. „Es ist toll, mal jemanden zum Reden zu haben, der es weiß. Also außerhalb der Familie."
Sie saßen eine Weile schweigend in der noch recht warmen Morgensonne, bis Bekka verkündete, sie müsste weitermachen, und wieder in ihrer flinken Gewandtheit davon huschte.

Mia setzte sich auf und schlang die Arme um sich. Jetzt, wo sie alleine und nicht mehr völlig von der Anreise übermüdet war, ließ sie alles auf sich noch mal wirken.

Sie war nicht mehr in Lebenspanik und fürchtete sich zu Tode. Offenbar rechnete keiner mehr mit einem Angriff. Es war irgendwie eine normale Familie. Es schien Alltag zu herrschen und keine Bedrohung in Sicht zu seien. Weder für alle noch für Mia.

Aber nun beschäftigte sie etwas anders. Wenn das gerade Seth gewesen war, dann... ein Schauer lief ihr über den Rücken.

Dann...

Das Bild des großen schwarzen Werwolfs, der gestern Nacht wie aus dem Nichts vor ihr erschienen war und den anderen Werwolf bekämpft hatte, tauchte wieder vor ihren Augen auf.

Der Gedanke machte sie unruhig. Stieß sie gerade zu ab. Das war zu unreal.

Also stand sie auf und ging zurück in die Küche. Andere Teile des Hauses kannte sie noch nicht. Zwar lief man von dem Flur, der auch zur Küche führte, durch ein riesiges Wohnzimmer, um hinaus in den Garten zukommen, aber sie wollte nicht alleine in diesem privaten Zimmer warten. Irgendwie kam ihr das merkwürdig vor, da sie eigentlich keinen der Familie kannte.

Nein, das war nicht der Grund. Es war merkwürdig, weil sie Werwölfe waren... Das Wohnzimmer von Werwölfen.

Der Gedanke war so präsent in ihr, dass sie etwas Ablenkung brauchte. Sie beschloss, die Küche weiter aufzuräumen, da Bekka das unmöglich geschafft habe konnte.
Doch Tatsache war, dass diese blitzblank strahlte. Bekka polierte den alten Gasherd gerade auf Hochglanz.
„Ich muss mit jemandem darüber reden", platzte sie heraus. „Und ich meine so richtig!"
„Klar. Mach nur. Ich habe mit Connor geredet und es ist ok. Ich darf alles ausplaudern, da du Aarons Tochter bist."
„War es für dich immer normal, dass es Werwölfe gibt?"
Bekka hielt inne und wischte sich die Hände ab. „Werwölfe nennen wir sie nicht. Es sind Vargs."
Das wusste sie schon, aber ihrer Meinung nach machte das keinen Unterschied…
„Sie sind nicht, wie die Werwölfe im Fernsehen." Bekka grinste kurz, als sie Mias Miene sah. „Naja, okay. Am Neu- und Vollmond müssen sie sich mehr oder weniger verwandeln. Und wenn sie krank sind, verwandeln sie sich auch. Oder wenn sie zu nervös oder aggressiv werden. Genau erklären kann ich das nicht, aber so ist das. Im Prinzip haben sie zwei gleichwertige Gestalten und fühlen sich in beiden wohl. Einem Varg seine wölfische Natur zu verbieten ist fast unmöglich. Sie sind gerne Menschen, aber die brauchen das andere Leben auch. Ich sage dir das, damit du sie besser verstehst und auch das, was hier gestern vorgefallen ist. Die Woods sind sehr… *zivilisiert*."
Bekka wirbelte ihre kleinen Hände durch die Luft. „Ich meine, sie leben in Häusern und führen eigentlich ein

menschliches Leben. Sie heiraten, gehen arbeiten und gucken fern. Aber es gibt auch Vargs, die das nicht tun und ihre andere Seite bevorzugen. Sie leben immer draußen, nehmen selten menschliche Gestalt an oder haben es sogar verlernt. Sie sehen sich nicht als Menschen. Und diese sind nicht sehr erfreut von Menschen. Sie mögen uns nicht. Deswegen greifen sie uns hier an. Sie sehen Familien wie die Woods als Verräter ihrer Art. Als Bedrohung."
Mia saß da und starrte sie an. In Bekka hatte sie die richtige Ansprechpartnerin gefunden. Leider redete die Frau so schnell, wie sie sich bewegte und Mia hatte Probleme ihr zu folgen.
„Wie viele Werwölfe gibt es denn?", fragte sie unsicher. Es klang, als wären das hunderte im Wald… Hinter dem Pool…
„Ich weiß nicht! Nicht sooo viele", sie machte eine abwertende Bewegung.
„Du bist kein Varg. Also war es einmal neu für dich, so wie jetzt für mich. Wie hast du es erfahren?"
Sie bekam einen verträumten Ausdruck und deutete Mia, sich mit ihr an den Tisch zu setzen. „Ich war vierzehn und war in unserem Garten. Mir war langweilig. Wirklich schrecklich langweilig. Es waren Schulferien und niemand war da. Und die nächste Familie waren die Woods. Aber selbst ihr Haus lag eine halbe Stunde hinter dem Wald. Ich sah sie, obwohl es meine nächsten Nachbarn waren, nicht öfters als die anderen Menschen. In der Stadt erzählt man sich die wildesten Gerüchte über die Jungs. Musst mal sehen, wie Mädchen sich in ihrer Nähe benehmen…

Naja, jedenfalls ging ich an diesem Tag in den Wald. Ich hatte wirklich Langeweile. Und ich lief da so rum und dann... Dann stand da Connor. Nackt!"
Bekka lachte leise und lehnte sich verschwörerisch vor.
„Er lehnte lässig an einen Baum und schien auf etwas zu warten. Oder zu schlafen... Er behauptet heute, er hätte da nicht nackt rum gestanden wie ein Hornochse." Die schmale Frau schnaubte abfällig, weil sie es offenbar besser wusste. Mias Mundwinkel zuckten.
„Naja, jedenfalls hab ich angefangen zu schrill zu gackern. Ich konnte ja nicht wissen, dass er sich aus Schreck verwandeln würde. Damit du es weißt: Junge Vargs haben sich nur schwer unter Kontrolle. Besonders nachts, wenn der Mond ihre innere Ruhe durcheinander bringt. Zu Connors Pech, war es kurz vor Vollmond, so dass er als Halbstarker gar nicht anders konnte, als sich bei Schreck zu verwandeln. Und so stand er dann da und starrte mich an. Und ich starrte zurück."
Nun etwas ernster schüttelte sie den Kopf: „Heute weiß ich, dass ihm damals der Arsch auf Grundeis ging. Ein Mensch, der einen Varg als solchen enttarnt, ist eine absolute Gefahr für ihre Sicherheit. Er hatte keine Ahnung, was er tun sollte. - Mir sind jedenfalls fast die Augen rausgefallen, vor Schreck und Todesangst. Ich stolperte bei dem Versuch zu fliehen rückwärts und landete unsanft auf einem großen Stein, wobei ich mir die Hüfte anknackste und meinen Fuß verstauchte.
Anstatt weiter zu versuchen wegzulaufen oder mich zu verteidigen, habe ich wie ein Baby geheult, weil es wehtat. Und was macht Connor? Er kommt auf mich

zu und nimmt mich trotz meiner Versuche ihn KO zu schlagen auf den Arm. Es endete damit, dass mich Paige verarztete und daran hinderte abzuhauen."
„Und dann? Sie werden dich wohl kaum einfach haben gehen und reden lassen."
Bekka grinste: „Stimmt. Und hätten sie mich gehen lassen, hätte ich es dem Erstbesten auf der Straße erzählt! Ich konnte noch nie meine Klappe halten."
„Aber du hast es nicht getan…?"
„Nein… Während ich irgendwann ängstlich alleine im Wohnzimmer saß, hörte ich Stimmen. Es war Connors Vater. Ich kannte den alten Mr. Wood vom Jagdgeschäft, wo er früher gearbeitet hat. Seine dunkle Stimme dröhnte nur so durch den Boden. Connor wurde ausgeschimpft, weil er nicht besser aufgepasst hatte! Und das nun ihre Familie in Gefahr stand aufzufliegen. Ich weiß noch, dass ich Mitgefühl hatte. Jedenfalls hab ich mich zu dem Büro oben geschlichen, wo ich durch einen Türspalt einen kurz vorm Weinen stehenden, ach so coolen Connor sah. Gott, sah er süß auf. Und er tat mir so leid!"
Das Bild von einem jungen Connor erschien vor Mias Augen und sie konnte sich nur zu gut vorstellen, dass Bekka plötzlich den übergroßen Welpen hatte retten wollen.
Bekka lachte leise. „Ich hab keine Ahnung, wo der Mut auf einmal herkam. Aber ich bin ins Büro rein und sagte: ‚Mr. Wood! Seien sie nicht böse mit ihm! Er wusste doch das ich ihn nie verraten würde, da wir miteinander gehen.' Die Lüge war reichlich blöd… Denn das hätte er auch nicht gedurft. Also hat Connor noch unglücklicher ausgesehen, aber Mr. Wood

musste sich ein Grinsen verkneifen. Ich musste versprechen nichts zu sagen. Hoch und heilig. Und ich sollte erst wieder mit ihm ein Eis essen gehen, sobald er sich besser beherrschen könnte."
Mia saß da und musste lächeln.
Sie glaubte Bekka jedes Wort. Denn ihr Gesicht hörte nicht auf zu leuchten. Sie liebte ihn wohl wirklich über alles. Dann verdüsterte sich Bekkas Gesicht.
„Mia? Das ist uns wirklich ernst. Es darf kein Mensch je erfahren. Dass du es heute weißt, liegt nur daran, dass Paige hundert Prozent sicher war, dass deine Eltern es dir gesagt haben müssten. Sie hätte dich sonst nie hierher eingeladen. Das Risiko ist zu groß, dass ein Besucher es herausfinden könnte. Eben durch solche Pannen, wie bei deiner Ankunft. Wir erwarten von dir absolute Verschwiegenheit."
Das saß.
Sie starrte die Frau vor sich an, deren exotische Augen zuvor immer mild und offen gewesen waren. Jetzt sah sie todernst und besorgt aus.
Mia schüttelte den Kopf: „Das ist ok. Ich verspreche es."
Noch eine Weile sah Bekka sie wortlos an, doch dann nickte sie nur. „Ich muss dir das wohl einfach glauben."
Ein unwohles Gefühl blieb bei ihr zurück und sie musste an Fergus denken, der sie am Abend zuvor wie einen Feind angesehen hatte. Die Woods schienen ihr nicht so sehr zu vertrauen, wie es den Anschein haben sollte. Und Mia fragte sich, was wohl passieren würde, wenn sie gehen wollte. War es Zufall gewesen, dass ihr Wagen nicht mehr funktionierte?

Plötzlich fasste Bekka nach ihrer Hand und drückte sie. „Das habe ich zu dir gesagt, weil ich meinen Mann über alles liebe. Es ist mein Alptraum, dass ich ihn an verängstigte Jäger verliere, die ihn draußen in den Wäldern sehen und abknallen. Oder dass die Regierung bei der Entdeckung der Vargs, dafür sorgen würden, dass diese eingesperrt würden. Wenn sie nicht Schlimmeres mit ihnen tun würden…"
Mia konnte die echte Furcht der Frau neben sich spüren, weswegen sie ihr noch einmal versicherte, dass sie keinen Grund hatte, jemals die Woods so zu gefährden: „Das will ich auch nicht!"

Die Stimmung verbesserte sich wieder und eine neue Frage erschien. Sie biss sich vor Neugier auf die Unterlippe. Die gezupften Augenbrauen ihrer Gesprächspartnerin rutschten hoch. „Frag ruhig!"
„Kann Paige… Also sie ist eine Vargin, oder? Kann sie sich verwandeln?"
Die quirlige Frau schüttelte eilig den Kopf, so dass ihr schulterlanges Haar flog. „Nein! Die Frauen verwandeln sich nicht! Früher war es wohl so gewesen und bei den Vargrudeln in der Wildnis, die ihre menschliche Seite vergessen haben, ist das noch heute so. Aber die weiblichen Vargs, die so leben wie wir, verwandeln sich nicht. Können es gar nicht. Das liegt vielleicht daran, dass sie Kinder bekommen. Eine Verwandlung war während der Schwangerschaft angeblich unmöglich. Ihre Kontrolle über die Wandlung war nach der Überlieferung viel größer und der Instinkt trieb sie selbst bei Vollmond nicht dazu. Heute ist es für sie verschwunden."

Bekkas Augen blitzen: „Zum Glück! Ich glaube, dass die wenigsten Teenager-Mädchen das lustig finden würden… Noch mehr Haare und so."
Sie mussten beide lachen.
„Bekka? Oh, da bist du ja."
Paige erschien lächelnd. „Mia, schön, dass du auch schon auf bist."
Geschäftig kramt sie in ihrer riesigen Handtasche. „Es gibt in der Stadt ein neues Geschäft. Und zur Eröffnung gibt es Rabatt! Ich habe Coupons. Gleich, wenn die Jungs kommen, schnappen wir alle und fahren da hin. Das ist die beste Gelegenheit sie mal einzukleiden. Am besten für jeden mindestens zwanzig oder dreißig T-Shirts…"
Die beiden Frauen nickten eilig, als würde es um eine Mission gehen. Mia konnte sich nur um die Summe wundern.
„Hilfst du uns?", fragte sie Mia. Sie nickte nur verstört und neugierig zugleich.

Da keiner Lust hatte einkaufen zu fahren, gab es reichlich Murren. Außer Cameron, der völlig begeistert war und etwas von Turnschuhen faselte. Zayn gab zynische Kommentare von sich und rollte ständig mit den Augen über seinen Bruder, den er wohl für dämlich hielt. Connor versuchte Bekka zu überreden, dass sie ohne ihn ging.
Mia saß in der Küche auf dem Stuhl und beobachte das Treiben, als sie spürte, dass jemand die Küche hinter ihr betreten hatte. Cam plapperte nun in diese Richtung und wollte mehr Taschengeld, während alle Augen kurz zu der Person fuhren.

Und das sagte Mia auch, wer das war.
Die Spannung im Raum war mal eben um 1000 Volt gestiegen.
Seth schien im wahrsten Sinnen des Wortes ihr Alpha zu sein, obwohl Connor eigentlich älter war, war der zweitgeborene Sohn das Familienoberhaupt. Sie drehte sich zu der starken Präsenz hinter sich um und sah in zwei leuchtend grüne Augen. Ihr Magen zog sich zusammen, als sie begriff, dass er sie wieder nur anstarrte.
Himmel, der Mann war gruselig!
Aber sie registrierte auch, dass er nun saubere Sachen trug, dass das Haar noch nass von der Dusche war und nun Schuhe an seinen Füßen steckten. Im Ganzen war er das bestangezogene Raubtier, was sie je gesehen hatte. Konnte ja sein, dass alle männliche Wesen hier im Raum Vargs waren, aber er war der einzige, der auf sie wirkte wie eine Presslufthammer. Seine Energie überschwemmte sie und machte ihr knallhart klar, dass er kein Mensch war.
Egal, was er trug.
Irgendwann löste er seinen Blick von ihr, nickte ihr wieder kurz zu und ging zu Connor, mit dem er einige Worte wechselte, aber dank Cam hörte sie seine Stimme nicht. Mia war sich sicher, dass das auch zu viel gewesen wäre.

Und innerlich fragte sie sich, wie lange es dauern würde, bis sie wieder taffer sein würde. Wann sie dem Mann danken würde, dafür dass er sie gerettet hatte. Denn das hatte Seth eindeutig gestern Nacht getan.

Aber sie wusste auch, dass es nicht nur diese ganze unbegreifliche Situation war, die dafür sorgte, dass sie so kraftlos, aufgerieben und ängstlich war. Sondern es war auch der Schmerz in ihr, der seit dem Tod ihrer Mutter da war. Irgendwie hatte das dazu geführt, dass sie viel wackeliger durch das Leben als je zuvor ging. Denn jetzt gab es niemanden mehr, der sie stützen würde. Sie fühlte sich völlig alleine.
Die Familie stritt weiter über den notwendigen Ausflug in den Ort, als sie ihnen fast eifersüchtig zusah. Seths Blick traf noch mal auf ihren, aber sie begegnete ihm nur möglichst neutral, bevor sie wegsah. Sie wollte nicht, dass er ihr Unwohlsein ihm gegenüber bemerkte, auch wenn das nach der Szene am Pool schwierig oder gar unmöglich war.

Paige sorgte letztendlich dafür, dass alle in die beiden Autos stiegen und dann ging es los. Mia saß hinten zwischen Bekka und Cam im schwarzen SUV. Vorne saßen Connor und Zayn. Das andere Auto fuhr Seth und neben ihm saß Paige. Hinter ihnen im alten braunen Chevrolet Impala hockte ein ausdrucksloser Fergus, der erst erschienen war, als alle in die Wagen stiegen. Die ältere Frau schien Anweisungen zu geben, wie ihr Sohn zu fahren hatte, und klammerte sich an dem Türgriff fest. Amüsiert hatte Mia bemerkt, dass Paige Angst vor dem Autofahren hatte. Seth ignorierte das Gebaren seiner Mutter und fuhr einfach den langen Einfahrtweg entlang, der von dem gigantischen Haus wegführte und vom Wald gesäumt war. Mia sah ihnen nach, bis das Auto nicht mehr zu erkennen war.

„Ihr seid vier Brüder, oder? Woher habt ihr dann Fergus?", fragte sie Cam, als ihr voll beladenes Auto ebenfalls losfuhr. Sie dachte an Paige Bemerkung, dass sie fünf Söhne hätte.
„Seth war mal für ein Jahr verschwunden. Er kam dann mit Fergus wieder. Seitdem lebt der bei uns. Aber er ist praktisch wie ein Bruder."
Mia wollte schon weiterfragen, was passiert sei, aber Cam drehte sich weg und spielte mit seinem Handy rum. Offenbar war das kein Thema, über das er reden wollte. Auch kein anderer sagte etwas, so dass Mia beschloss nicht weiter zu bohren.

In dem besagten Kleidungsgeschäft war die Hölle los. Es war das größte in dem kleinen Ort und erstreckte sich auf zwei Etagen. Es drängten sich so viele Menschen durch die Kleiderständer, dass Mia sich sicher war, dass der ganze Ort und vermutlich auch der nächstliegende Ort Millinocket auf den Beinen war.
Connor lief im Laden brav hinter Bekka her, die ihm praktisch alles zur Probe vor den Körper hielt, bevor sie es ihm zum Tragen gab. Er folgte ihr geduldig und schien sich sonst nicht für die Kleidung zu interessieren. Die anderen vier Männer waren weniger dazu zu bewegen, etwas anzuprobieren. Zayn ging einem ständig verloren. Er verdrückte sich, sobald er konnte. Cam fand alles lustig und suchte nur scheußliche Sachen raus, die er nie kaufen würde. Sein Ziel waren irgendwelche Turnschuhe, die es hier aber nicht gab. Fergus brummte nur, ging zielstrebig durch die Stände und eilte nach nur zehn Minuten mit einem Arm voller T-Shirts, die alle schwarz waren, zur Kasse und war weg.

Also endete es damit, dass sie mit einer engagierten Paige und einem Alpha-Werwolf zurückblieb. Seth versuchte es seiner Mutter recht zu machen und die Jungs zu zwingen, sich zu benehmen.
„Kauf für die Jungs ein, was du willst…", sagte er nur, als Paige sich durch einen Haufen Jeans wühlte. „Ich brauch nichts."
„Hör auf dich quer zu stellen, nur weil du ungern hier bist!", fuhr sie Seth an, ohne diesen anzusehen. „Alle Hosen und Shirts sind entweder verschwunden oder zerrissen. Was soll ich denn da tun? Es geht ja nicht nur um die Jungs. Du bist fast noch schlimmer als sie. Deine Kleidung überlebt in der Regel keine Woche."
„In Ordnung."
Sie hatte übrigens recht gehabt. Seine Stimme war warm, aber tief und irgendwie leicht heiser. Jedes Mal, wenn er sprach, spitzten sich ihre Ohren von alleine. Die perfekte Stimme für Hörbücher.
„Sei einfach still!", sagte Paige, ohne seine Zustimmung gehört zu haben. Und wetterte weiter über Wäsche, Geld und schlechte Qualität von billigen Klamotten.
Mia verfolgte die unnötige Diskussion, während sie sich selbst etwas umsah. Eigentlich hatte sie alles an Kleidung, was sie brauchte. Immerhin hatte sie einen riesen Koffer und zwei kleine Taschen eingepackte, bevor sie mit einem Mietwagen nach Maine gefahren war.
Also versuchte sie Paige zu helfen, und zog Jeans in den entsprechenden Größen heraus und gab sie den Jungs, die diese gleich anprobieren sollten.

Während sie sich durch Klamotten wühlte, spürte sie aber auch Seths aufreibende Gegenwart. Nur mühevoll gelang es ihr, nicht seine breiten Schultern und seinen vollen, sexy geschwungenen Mund anzusehen, ohne dass sie wie ein hirnloser Zombie wirkte. Allerdings konnte sie kleinere Details bewundern. Aus den Augenwinkeln sah sie die gebräunte Haut auf seinen nackten Unterarmen, die trotz seiner muskulösen Statur und seiner Größe elegant geformt waren und in langgliedrige Hände und Finger übergingen. Seine Hände waren ebenfalls stark, lang und mit kleinen Narben übersäht. Allerdings entsetzte sie dieses Detail eher so, dass es sie wie magisch anzog.
Irgendwann, nachdem sie den Anblick seiner Hand, die neben ihr auf einem Stapel gelegen hatte in sich aufgesaugt hatte, fiel ihr auf, dass die beiden Jungs weg waren und Mutter und Sohn schwiegen. Sein Blick ruhte wieder auf ihr und sie riss ertappt den Kopf herum. Mit brennenden Wangen ging sie etwas von ihm weg.
Dabei entdeckte sie eine Horde von Mädchen, welche sich versteckten und Zayn und Cam beobachteten, die an den Umkleiden warteten. Während Cam irgendwann zu ihnen spazierte, ignorierte Zayn sie wie ein Star lästige Fans.
Zur Tarnung für ihr Herumstehen, griff sie dieses Mal einen der weichen Stoffe vor sich. Sie sah sich nicht an, was sie da gegriffen hatte, aber tat so, als würde sie es vor sich halten, während sie aber die Mädchen und Cam nicht aus den Augen ließ.

Wäre sie doch so clever gewesen, als sie Seth angeglotzt hatte, grummelte sie. Aber er hatte etwas an sich, was sie zu einer völlig kopflosen Mia machte.

Dass sie sich für ihn verhielt, wie eine Frau, die sich eben für einen Mann interessierte, gefiel ihr kein bisschen. Immerhin hatte er gestern Nacht noch Fell gehabt und hatte nackt vor ihrem Scheinwerfer gestanden. Also zugegeben mit Fell bekleidet…

Es musste er gewesen sein, oder? Auch, wenn sie niemanden danach gefragt hatte, konnte dieses eindrucksvolle Wesen, doch nur derjenige gewesen sein, der nicht zu der Zeit im Haus gewesen war…

Wieder rief sie sich die riesige, schwarze Kreatur vor Augen, die aus der Dunkelheit erschienen war und mit der Geschwindigkeit eines Düsenjets auf sie zu gerast war. Sie versuchte, das Bild mit dem großen, gut gebauten Mann in Einklang zu bringen, der hier geduldig mit seiner Familie shoppen war.

„Oh, ja! Der ist billig, robust und unauffällig!", platzte Paiges Stimme in ihre Grübelei.

Mist, sie musste damit aufhören Löcher in die Luft zu starren!

Dann schob sie Mia zu Seth. „Hier! Sie hat einen Pullover für dich!"

Und nun stand sie plötzlich da, wo sie nicht hingewollt hatte: vor ihm. Sie hob den Kopf immer weiter, bis sie dem Riesen ins Gesicht sehen konnte, und sah in graugrüne Augen, die sie abwartend musterten. Ihr Herz begann zu rasen. Und sie hoffte, dass sie nicht wieder in Schockstarre verfiel wie heute Morgen.

Ob das anderen Leuten bei ihm auch passierte? Oder nur ihr, weil sie wusste, was er war? Denn es musste

daran liegen und nicht an etwas anderem... ihr Magen zog sich kribbelnd zusammen. *Mist!*
Sie streckte ihm das Teil einfach hin, um der Situation ein Ende zu machen. „Bitte."
Seth griff danach, aber entzog es ihr nicht. Sie blinzelte verwirrt und sah, wie sich seine Mundwinkel amüsiert verbogen.
„Wenn du loslässt, probiere ich ihn mal an." Seine tiefe Stimme war angenehm rau und melodiös. Überrascht über den sanfteren Ton, den er nun nutzte, zog sie schnell die Hand zurück. Dann verschwand er.
Sie blieb irgendwie errötend zurück. Was auch immer das hier war, es war nichts Normales! Sie hatte schon attraktive Männer zu Dates getroffen, wo sie nicht so benebelt rumgestanden hatte.
Das lag alles an seiner monströsen Seite. Etwas, was sie nicht wollte und erfassen konnte.
Nicht weiter wartend, ging sie in die Frauenabteilung und guckte nach etwas für sich selbst. Dabei konnte sie zwei Frauen bei einem Gespräch nicht überhören.
„Jedenfalls habe ich Nicole verboten, dass sie die Jungs zu ihrer Geburtstagsparty einlädt." Mia entdeckte zwei der Mädchen von vorhin in der Nähe der Frauen. Die andere Frau nickte: „Zugeben, sie sind süß. Ich kann verstehen, wieso Mädchen in Nicoles Alter das aufregend finden, aber sie sind seltsam."
„Nicht nur das! Sie sind gewalttätig. Hast du vergessen, wie die beiden ältesten Brüder sich immer zu geprügelt haben? Nein, das sind Hinterwäldler, egal wie groß und schick das Haus ist, in dem sie da hausen."

Die andere Frau nickte nun eilig: „Ich will die Rechnungen für den Palast nicht sehen. Von wegen Werkstatt! Wir wissen doch alle, wo das Geld herkommt."
Und so ging es immer weiter. Bekka hatte also recht gehabt, die Woods waren das Gesprächsthema der Menschen. Und so langsam dämmerte ihr, wieso niemand vorhin in die Stadt gewollt hatte. Es war nicht nur das Einkaufen an sich, was ihnen hier missfiel.

Kapitel 3

Angesichts der Tatsache, dass ihre Gastgeber alles andere als normal waren, verliefen die nächsten Tage allerdings verdammt normal und ohne Zwischenfälle.
Mia verbrachte die Tage im entspannt gleichen Rhythmus. Sie stand spät auf, wenn die Jungs bereits aus dem Haus waren und die Erwachsenen außer Paige zur Arbeit gingen. Fergus und Seth arbeiteten in einer Autowerkstatt am Rande der Stadt, Bekka als Kindergärtnerin und Connor überraschend unpassend in der Stadtbücherei. Wenn alle weg waren, frühstückte sie mit Paige und half dann im Haushalt. Zwar bat Paige sie immer wieder nicht zu helfen, aber bei dem Anblick der Unmengen schmutziger Teller musste sie einfach mitanpacken. Dafür hatte sie zu lange die Verantwortung im Hotel und Café getragen, wo sie oft genug im Notfall in der Küche ausgeholfen hatte.
So schnell wie die Vorräte verschwanden, weil die Vargs wirklich wie Scheunendrescher aßen, musste auch eingekauft werden. Etwas, was sie gerne erledigte, da Paige nie gerne Auto fuhr. Die Gelegenheiten nutzte sie dann zum Bummeln.

Meistens jedoch verbrachte sie ihre Tage lesend draußen oder unternahm etwas mit den beiden Frauen. Oft saßen sie später im Garten oder im Wohnzimmer, wo sie fernsahen oder plauderten.
Und Mia genoss alles in vollen Zügen. Seit dem Tod ihrer Mutter hatte sie kaum noch Ruhe gehabt. Das kleine Hotel mit Café hatte plötzlich alleine unter ihrer Anleitung gestanden, dazu kamen der ungewohnte

Papierkram und die ganzen Anrufe. Sie hatte allein zwei Monate gebraucht, bis sie alles im alten Büro ihrer Mutter sortiert hatte, so dass sie es alleine wiederfand. Christina Ashcroft hatte nichts nach Alphabet sortiert oder mit sinnvollen Beschriftungen versehen.
Als Paige sie dann im September angerufen hatte, um sie zu fragen, wie es ihr ging, war Mia aus allen Wolken gefallen. Im Stress hatte sie versäumt, sich um das Anwesen ihrer Familie in Maine zu kümmern.
Und noch schlimmer war, dass sie bei weitem nicht allen Freunden ihrer beliebten Mutter mitgeteilt hatte, dass sie gestorben war. Und es waren vier Monate seit der Beerdigung vergangen... Die alte Freundin ihrer Mutter hatte ihre Bestürzung und ihre Erschöpfung gehört und sie zu sich eingeladen. Sie sollte sich das Haus, was nun ihr gehörte, mal ansehen und sich dabei entspannen.
Sie hatte fast einen Monat gebraucht, bis sie alles geregelt hatte und war dann mit einem geliehenen Auto losgefahren. Die ganze Strecke von Boston bis Millinocket war sie mit einigen Abstechern gebummelt. Weil sie Ruhe brauchte und sehen wollte, wo ihr Vater und ihre Mutter herkamen. Sie war nur einmal mit fünf Jahren in der Heimat ihrer Eltern gewesen, aber sie erinnerte sich an nichts und sie hatten das Anwesen nie besucht. Kurz darauf war ihr Vater gestorben. Heute dämmerte ihr, wieso sie nie hergekommen waren. Ihre Eltern - oder vielleicht auch nur ihre Mutter - hatten nicht gewollt, dass sie von den Vargs wusste.
Und genau das hatte ihr auch zu denken gegeben. Wieso hatten sie ihr nie davon erzählt? Aber das

würde sie so niemals herausfinden. Aber sie vermutete, dass ihre Mutter, die ihr in Sorgen und Grübeln in nichts nachgestanden hatte, ihre Tochter hatte schützen wollen. Ihr menschliches Kind hatte nicht unnötig in eine solche gefährliche Welt eintauchen sollen.
Auffällig war auch, dass es in der vergangenen Woche keine „vargischen" Vorkommnisse mehr gab. Mia sah und hörte kaum Ungewöhnliches. In der Tat ging man ihr fast aus dem Weg. Fergus und Seth ließen sich kaum blicken und erschienen nur selten im Haus. Connor und Zayn waren eher ruhig und verschwanden in ihren Zimmern. Ab und zu suchte Cam ihre Gesellschaft, aber in der Regel wurde er von den genervten Frauen rausgeworfen, wenn er beim Fernsehen zu viel redete.

So vergingen dann zwei Wochen. Und sie vergaß beinah, dass sie wieder zurück musste. Aber es meldet sich auch keiner ihrer Angestellten oder Lieferanten aus Boston, so dass sie in einer stressfreien Blase lebte. Nur Amanda, ihre Freundin und Vertretung im Hotel schrieb, ob sie noch lebte.
Allerdings hatte sie gestern die Bankdaten per Laptop gecheckt und dabei in ihren Kalender gesehen. Am nächsten Abend war Vollmond. Sie hatte auf ihrem Stift kauend da gesessen und abwesend ihre Zimmereinrichtung begutachtet.
Was bedeutete der Vollmond im Haus der Familie Wood? Das Thema Werwolf war seit ihrer turbulenten Ankunft unerwähnt geblieben, aber ihr Gefühl sagte

ihr, dass dieses Detail der Legende um den Wolfsmenschen real sein musste.
Etwas von der anfänglichen Panik und Furcht stieg wieder in ihr auf, als sie daran dachte, was sie aus Filmen über Werwölfe wusste. Das Bild des Zähne fletschenden Angreifers am Tag ihrer Ankunft trat unliebsam vor ihre Augen. Verloren sie bei Vollmond ihre menschliche Kontrolle?

Als sie an diesem Vollmond-Morgen die Treppe zur Eingangshalle runterkam, herrschte Stille. Kein Radio und keins der üblichen Küchengeräusche einer Paige, die das Frühstück beseitigte. Kein Chaos. Nichts.
Stattdessen saß Paige im Wohnzimmer und machte Kreuzworträtzel.
„Was ist los?", fragte Mia und konnte nicht anders, als sich suchend umzusehen, ob sich nicht irgendwo Chaos verbarg.
„Sie kommen morgen erst wieder. Wir können uns entspannen. Wenn du willst, bestellen wir später Pizza, dann haben wir mal einen Tag Pause." Dann zwinkerte sie ihr zu.
Und wirklich. Sie saßen abends zu dritt vorm Fernseher und sahen *Desperate Housewives* und aßen Salate und Pizzas, die sie zwar bestellten, aber in der Stadt abgeholt hatten. Niemand der Menschen kam je bis zum Haus hinauf. Selbst der Postbote nicht. Was wohl auch besser so war, denn Mia sah in ihrer Fantasie, wie Cam den Postboten mit heraushängender Zunge jagte. Misstrauisch sah sie immer wieder hinaus in den dunklen, nächtlichen Garten. Hinter dem Pool war der düstere Wald mit den hohen Baumkronen.

Aber keine Ungeheuer erschienen, was sich änderte, als um halb zwölf die Eingangstür knallte und jemand fluchte. Bekka fuhr hoch und warf dabei fast ihre Gabel durch das Zimmer. Sorge und Alarm war in ihrem hübschen Gesicht zu lesen. Ihre schwarzen Augen hefteten sich auf Paige und schenkten Mia einen kritischen, fast warnenden Blick. Die beiden Frauen tauschten stumm etwas aus, dann rannten sie nach weiterem Gepolter aus dem Flur los.
Mia folgte ihnen aus purer Neugier – und Angst. Sie wollte nicht alleine bleiben.
In der Tür zum Flur blieb Mia allerdings wie festgewachsen stehen, während Bekka und Paige zu den riesigen haarigen Wesen eilten.
Es war wieder der eindrucksvolle und gefährlich wirkende Werwolf da. Das Wesen, was sie zwei Wochen lang nicht gesehen hatte. Zumindest, wenn sie wach war. Aber sie hatte ihn schon einige Male in ihren Träumen wiedergetroffen.
Es war Seth, der einen anderen schlankeren und etwas kleineren Varg stützte. Dessen Fell war genauso schwarz, aber er wirkte weniger düster und präsent. Sie konnte nicht sagen, wer von ihnen er war. Die beiden Frauen wirkten besorgt, aber nicht mehr panisch. Allerdings entging ihr nicht, dass ihr jeder einen besorgten und missmutigen Blick zu warf. Ganz so, als wäre es ihnen lieber gewesen, wenn sie nicht da wäre. Und genauso fühlte sich Mia auch. Egal, wie wohl sie sich hier in den letzten Tagen gefühlt hatte, die ganze Varg-Geschichte gefiel ihr nach wie vor nicht und sie fürchtete sich vor Klauen und Fängen.

Besonders jetzt, wo sie es mit eigenen Augen sah. Keine Erinnerung, die von zu vielen verwirrenden Gefühlen und Unglauben verwaschen war. Sondern nun sah sie es mit vollem Bewusstsein. Und es war vielleicht nicht mehr die schiere Angst des ersten Tages, aber immer noch verdammt furchteinflößend.
Es ist anders, wie in den Filmen, wenn Menschen zum ersten Mal Aliens oder Monster treffen, die es nicht geben sollte. Man war nicht irgendwann „cool". Nein, es war eher so, als würde etwas über die Großhirnrinde schaben, was einem sagte, dass der gesunde Menschenverstand verarscht wurde! Und dass man weglaufen sollte, falls es kein Trugbild war. Irgendwas in ihr schrie: *Renn doch endlich weg, du dämliche Kuh!*
„Was ist denn passiert?", fragte Paige.
„Sie haben bei der Jagd rumgealbert und dann wurde es zu viel des Guten. Connor und Zayn haben Cam ein paar Rippen gebrochen", berichtete Seth.
Das war Cam? Mia glotzte den kleineren Varg an, der einen Arm um Seths Nacken gelegt hatte und kaum gerade stand. Sie schlang die Arme um sich und blieb, wo sie war.
Ihr Gehirn verdaute die Erkenntnis, dass sich der kleine Charmebolzen auch in ein Monster verwandeln konnte und den Fakt, dass die Vargs trotz tierischer, monströser Gestalt wie Menschen sprechen konnten. Es klang zwar tiefer und knurriger, aber es war eindeutig Seths Stimme gewesen.
Sie liefen alle ins Wohnzimmer, wobei Mia aus der Tür sprang und eilig zurückwich, als man dem Verletzten an ihr vorbeihalf. Hier legte Seth Cam aufs Sofa, wo sie

gerade noch in Ruhe ferngesehen hatten. Seine riesigen Krallen besetzen Füße hingen über die Armlehne. Es sah komisch aus. Das riesen Sofa war viel zu kurz für ihn, so dass er wie ein labbriger Toast darüber hinabhing.

„Verflucht! Ihr sollt doch aufpassen!", fuhr Paige das große Monster neben sich an, was Jeans trug. Anscheinend gab es doch Hosen in der Monsterwelt.

Er sagte nichts, sondern sah nur zu, wie Paige die Rippenbögen des anderen schwarzen Wolfs in Menschen ähnlicher Gestalt abtastete. Ihre schmalen, braunen Finger fuhren vorsichtig durch das weiche, dichte Fell.

„Ihr habt Glück. Es werden alle grade zusammenwachsen."

Dann verschwand sie mit Bekka und Mia war mit den zwei Vargs alleine. Seth stand da und blickte auf Cam hinab, der die Augen geschlossen hielt und flach atmete. Es war deutlich, dass der Junge Schmerzen hatte. Aber es war eben nicht der immer redende Junge, den sie in den letzten zwei Wochen sehr ins Herz geschlossen hatte. Sondern da lag ein Wesen, was es nicht geben sollte.

Seine dunkelbraunen Augen sahen einmal kurz zu ihr, aber sie stierte nur regungslos zurück. Kein mitfühlendes Wort kam über ihre Lippen. Der Varg schloss wieder die Augen und rutschte auf dem Sofa herum, als wollte er aufstehen, aber der größere fuhr ihn nur an, er sollte es nur wagen. Daraufhin verharrte der verletzte Wolf eingeschüchtert auf dem Sofa.

Und sie konnte nun nicht mehr widerstehen und taxierte jeden Zentimeter des großen Alphavargs, der keine drei Meter von ihr weg stand und sich nicht

regte. Fast als würde er ihr erlauben, ihn genau zu betrachten.
Sogar mehr. Es war, als würde er ihre Reaktion auf ihn prüfen wollen. Das Raubtier vor dem Sofa verharrte auf gespreizten Beinen ohne die kleinste Zuckung.
Ihr Blick glitt hinab zu den Füßen, die wie die eines Wolfes waren. Die gebogenen, starken Zehen mit schwarzen, dicken Krallen sanken in den beigen Teppich ein. Der sehr lange Spann verlieh dem Fuß die typische Raubtierform.
Allein dieses fremdartige, animalische Detail seines Körpers machte ihr so viel Angst, wie die Hände des menschlichen Mannes sie angezogen hatten. Und sie hatte beileibe keinen Fetisch für Hände und Füße, sondern wagte einfach nicht, den ganzen Mann oder das ganze Monster anzugaffen.
Doch nun hatte sie scheinbar die Erlaubnis dazu und Mia hob vorsichtig den Kopf. Es war der Körper eines gut durchtrainierten Mannes. Lange, muskulöse Oberschenkel zeichneten sich unter dem Jeansstoff ab, auch wenn die Beine an sich durch die Wolfsfüße anders gewinkelt waren, so dass das Laufen auf allen Vieren begünstigt wurde. Ein sehr wohl proportionierter Oberkörper, lange, starke Arme und… Der Körperbau an sich war reif fürs Fernsehen, wenn er nicht Fell überzogen gewesen wäre…
Aber ab den Schultern aufwärts stimmte nichts mehr. Keine Illusion von einem Mann mit zu starkem Haarwuchs und komischen Füßen konnte das erklären! Es war der Kopf eines Wolfes. Mit breiterer, kürzerer Schnauze als bei dem echten Tier, aber eindeutig ein Wolf.

Sie stand da und fragte sich plötzlich nur noch, wie es möglich war.
Wie konnte es sie geben?
Als hätte er gespürt, dass ihre kritische Bestandsaufnahme fertig war, begegneten ihr nun
grüngelbe Augen. Die Augen eines verwandelten Vargs. Sie fingen ihren schockierten Blick in dem Angst und Unglauben standen auf. Aber keine Regung vollzog sich auf dem Wolfsgesicht. Nichts.
Das kannte sie bereits von ihm. Er mied sie und blieb lieber auf Abstand. Mia fürchtete sich nicht wirklich vor einem Angriff, dennoch begannen ihre Muskeln vor Anspannung zu schmerzen und ihr T-Shirt klebte auf ihrer Haut. Es war eine tiefverwurzelte Furcht, die sie befiel. Der Gejagte und der Jäger.

Cam stöhnte auf, was den intensiven Augenblick unterbrach.
„Seth, es tut sowas von scheiß weh!" Der Junge klang kläglich und zwang sie, sich nun dem Verletzten wieder zu zuwenden. Das war die Stimme des Jungen, den sie kannte. Er hatte zum ersten Mal gesprochen, seitdem sie hier waren. Seine große Hand legte sich auf seine Rippen, was dazu führte, dass er jetzt aufstöhnte und sich wand. Mitleid regte sich in ihr, als er nun winselte. Braune Augen schienen fast zu weinen, als er im Raum stumm umher sah.
Da niemand kam, wurde sie unruhig. Wollten sie ihn einfach liegen lassen?
Ehe sie begriff, was sie tat, trat sie etwas mehr in den Raum hinein. Weg von der Tür, an der sie immer noch gestanden hatte. Allzeit bereit zum Weglaufen.

„Versuch still zu liegen und gleichmäßig zu atmen", sagte sie leise. Ihre Stimme klang heiser. Braune Augen sahen sie bittend an. „Es tut echt weh. Schlimmer als der Pferdetritt!"
Sie lachte rau: „Na, ich dachte, das sei gar nicht so schlimm gewesen."
Die dunkelbraunen, ihr bekannten Augen sahen sie finster an. Es waren Cams Augen nur nicht in Cams Gesicht. „Sehr lustig, Lady Croft!", schnaubte er.
Allerdings jammerte er daraufhin nur umso lauter. Offenbar beruhigte es ihn, dass sie mit ihm gesprochen hatte, so dass er nun wieder mehr er selbst war und wieder anfing zu reden. Verwirrt wollte sie den Gedanken begreifen.
Das war derselbe Sechzehnjährige, der gestern die Pommes von ihrem Teller gemopst hatte und daraufhin nur gegrinst hatte. Derselbe Idiot, der mit ihnen Casablanca hatte gucken wollen, aber dabei nur genervt hatte.
Seufzend ging sie zu ihm: „Ich glaub, dass du versuchen solltest, nicht ganz so viel zu reden wie sonst. Das Reden macht es schlimmer, oder?"
Sie stand nun hinter der Rückenlehne, da das Sofa frei in der Mitte des Raumes stand. Sie hatte nicht näher als nötig an Seth ran gewollt. Cam schien ihr um einiges weniger gefährlich. Vor allem, weil sie große Rehaugen jammernd anblickten. „Ich hatte keine Ahnung, was Schmerzen sind!", brachte er im Brustton der Überzeugung hervor.
„Ich wette, dass sagst du jedes Mal!", sie grinste leicht. „Sind es denn nur die Rippen, oder tut dir noch mehr weh?"

„Höchstens sein Ego", warf Seth ein, aber Mia zwang sich nicht von Cam aufzusehen.

Dann kamen zum Glück Paige und Bekka zurück, sie hatten einen kleinen Notfallkoffer dabei und schickten Mia zwar nicht weg, aber keiner sprach sie an. Also drehte sie sich still um und ging in die Küche, wo sie seltsam aufgekratzt und zugleich völlig weggetreten Wasser für Tee aufsetzte. Während sie stumm, den altmodischen Wasserkessel beobachtete, ohne wirklich zu denken, bemerkte sie irgendwann, dass sie selbst beobachtet wurde. Mit sich aufrichtenden Nackenhaaren drehte sie sich zu ihm um.

„Du hast das toll gemacht. Danke", sagte Seth. Er stand wie sie zuvor im Türrahmen. Bereit für den Rückzug.

Sie nickte nur. Und sah auf ihre eigene Hand herab, mit der sie sich an der Arbeitsplatte festhielt.

„Da gibt es nichts zu danken. Ich weiß, dass ich... ich überreagiere. Außerdem muss mich noch bei dir bedanken", begann sie zu sagen, was sie schon all die Zeit hatte tun wollen. Aber sie hatte ihn bisher auch nie länger als wenige Sekunden am Tag getroffen! Er verschwand meistens, wenn sie auftauchte oder erschien den ganzen Tag erst gar nicht.

„Paige sagte mir damals, dass dieser Varg mich ohne Gnade angefallen hätte. Wenn du nicht dagewesen wärst...." Der Gedanken lag ihr schwer im Magen und ums Herz. Nie war sie in einer gefährlicheren Situation gewesen. Sie hatte sich in ihrem ganzen Leben noch nie einen Knochen gebrochen gehabt, war noch nie in einer Prügelei gelandet oder hatte einen Autounfall gehabt.

Mia musste fast lachen, wie sorglos und normal ihr Leben gewesen war. Außer eben, dass sie die beiden Menschen verloren hatte, die ihre Familie waren. Aber das hatte nicht ihr Leben im eigentlichen Sinne gefährdet.
Darauf sagte er nichts, bis der Teekessel pfiff. Sie goss sich eine Tasse ein und drehte sich dann zu ihm um: „Ähm, willst du auch einen Tee?"
Sie sah, wie sich der Gesichtsausdruck unter dem Fell veränderte. Ganz so, als würde er die nicht vorhandenen Augenbrauen hochziehen. Diese menschliche Mimik brachte sie fast dazu, dass ihr der Mund aufklappte.
Nein, die Menschen in den Filmen brachten, dass Unbegreifliche der Situation nicht hinüber, das es mit sich brachte, wenn man einem Monster gegenüberstand.
„Nein, danke. Ein anderes Mal", sagte er nur ruhig, während sie ihn immer noch ansah und schon wieder ihre Augen nicht abwenden konnte. Sie stand da und trat von einem Bein auf das andere. „Und wer ist der wirklich Schuldige an Cams Verletzung?"
Seien Augen wanderten von ihr weg und seine Hände schoben sich in die Taschen der weiten Jeans: „Du versuchst wirklich dich mit mir zu unterhalten, oder?"
Sie nickte stumm, worauf sie ein trockenes Lachen hörte. Als sie dachte, er würde sie abweisen, trat er in den Raum und setzte er sich hin.
„Es war eigentlich Cam selbst. Er ist immer übermütig und heute nervte die anderen, bis selbst dem ruhigen Connor der Kragen platze. Das ist das Dümmste, was man machen kann. Der Kerl ist wie ein Ochse. Stur und verdammt stark."

Er beobachtete sie, während er sprach, genau. Ebenso wie sie ihn.
Das hier war weder für sie noch für den Varg, der da vor ihr saß, alltägliches Geplauder. Da die Woods absolut unter sich blieben und auch nie Besuch bekamen, passierte es wohl so gut wie nie, dass sie mit einem Menschen außerhalb der Familie sprachen, der wusste, was sie waren. Geschweige denn, dass sie das taten, wenn sie verwandelt waren.
Unschlüssig setzte sie sich dann zu ihm. Nippte an ihrem Kräutertee, den sie geschaffte hatte - trotz Stromausfall in ihrem Kopf - zu machen. „Das habe ich mir schon gedacht. Er sucht ja eigentlich immer einen kleinen Streit."
„Ja, er ist schüchtern, nicht?", sagte er schnaubend, wobei das Geräusch in einem unmenschlichen Grollen endete.
„Wie macht ihr das eigentlich jetzt?", erkundigte sie sich besorgt.
„Was denn?", er beuget sich leicht vor.
„Ich meine, seine Rippen sind gebrochen und Paige macht ihm einen Verband und... und was noch? Er braucht einen Arzt, oder nicht?"
Seth lachte leise. „Nein, mach dir keine Sorgen. Rippenbrüche sind nicht so tragisch. Außerdem ist das unser größter Vorteil: eine gute Selbstheilung. Morgenfrüh ist alles wieder zusammengewachsen und er hüpft herum und geht uns auf den Sack wie immer."
Das klang verdammt normal. Aber der Mund, der diese Worte sagte, war eine Schnauze mit blitzenden Reißzähnen.

Sie hörte Stimmen, dann kam Bekka herein. „Ach, da seid ihr!"
Der ungläubige Ton ließ Mia zusammen zucken und die Situation neu sehen. Sprechende Monster in der Wohnküche, aber sie war erheblich tapferer als sonst!
„Seth?", wandte Bekka sich an Seth. „Sagst du Connor, er soll früh nach Hause kommen? Wir wollten die Steuererklärung machen."
Völlig normale Sache von einer Frau zu ihrem Schwager, der ein Ungeheuer war… Nur eben nicht bei der fünfundzwanzigjährigen Mia Ashcroft aus Boston, die eben außer, dass sie scheiß reich war, völlig normal war. Sehr normal. Zu normal… Eilig nahm sie einen Schluck Tee und ging raus.

Noch lange lag Mia im Bett und konnte nicht einschlafen. Sie und Seth waren sich immer aus dem Weg gegangen. Sie hatte nicht bewusst darüber nachgedacht, aber sie war in gewisser Weise froh gewesen, dass er nie vor ihr erschien. So hatte sie nicht überdenken müssen, was sie fühlte. Aber sie konnte nicht leugnen, dass sie nach wie vor, kaum mit dem Thema Varg klar kam. Milde ausgedrückt…
Einerseits nervte sie das selbst. Sie wäre gerne abgebrühter gewesen, aber - Himmel! - sie hatte sogar Angst vor Hamstern. Als sie neun gewesen war, hatte sie mal einer gebissen… Und andererseits konnte sie sich beim besten Willen nicht vorstellen, dass ihre Reaktion NICHT verflucht normal war. Ein Varg war kein Kuschelwolf. Sie waren große Raubtiere mit Fangzähnen so lang wie ihr Zeigefinger.

Und dennoch wusste sie, dass keiner von ihnen ihr wehtun würde.

Frustriert schlug sie die Hände vor das Gesicht und warf sich unter der Bettdecke hin und her. Es war klar, dass Seth sie getestet hatte. Er hatte sehen wollen, was sie tat. Ob sie in Panik verfallen würde, ob sie Cam helfen würde oder ob sie gar abweisend reagieren würde. Natürlich war sie in Panik verfallen, aber sie hatte ihr Bestes gegeben. Das Gespräch in der Küche sagte ihr, dass der Test zumindest nicht völlig vergeigt gewesen war.

Aber da war ein anderes Problem, was weit tiefer saß. Mit brennenden Wagen lag sie im Bett. Sie hatte sich von Seth gleich am ersten Tag angezogen gefühlt, als er am Pool erschienen und auf sie zu gegangen war. Und auch im Kaufhaus hatte sie ihn deswegen kaum aus den Augen lassen können. Mia benahm sich nicht, als wäre sie eine erwachsene Frau, die bereits zwei Beziehungen hinter sich hatte, sondern wie ein schüchternes Mädchen vorm ersten Date. Das offensichtliche Hindernis: Der menschliche Seth sah aus, wie die *Calvin-Klein*-Werbung mit dem *Cool-Davidoff*-Spot gemixt. Und damit lag er eindeutig nicht in der Liga der Mia Ashcroft, die ewig nicht beim Frisör gewesen war, keine passenden Unterhosen zum BH besaß und Segelohren hatte.

Das noch tiefere Problem war ein anders. Wie konnte sie mit einem Mann zusammen sein, der kein Mensch war?

Mia rollte sich wieder im Bett herum und sah auf den Wecker. Gleich war es halb vier am Morgen. Sie musste an Bekkas Geschichte denken, wie sie Connor kennenlernte. Das war ja vielleicht süß und anscheinend führten die beiden trotz der Spezies-Differenz eine gute Ehe, aber für sie war das weniger leicht.

Selbst, wenn Seth sie wollte, hatte sie ernste Bedenken. Freunde sein mit einer Werwolf-Familie war etwas anderes, als selbst Teil davon zu sein… Außerdem musste sie immer daran denken, dass es noch mehr fremde Vargs gab, die wild und aggressiv waren. Die Angst ballte sich in ihrem Magen zusammen. Diese Angst war nie ganz weg, aber sie konnte sie oft vergessen und beiseite schieben.

Seth und die anderen waren nicht wie dieser wilden Vargs. Aber konnte sie irgendwann noch selbst zu Vargs werden, die Teil ihres Wesens einbüßten, der Menschen anerkannte?

Die Fragen und Befürchtungen rotierten solange in ihrem Kopf, dass sie mit Kopfschmerzen vor Erschöpfung wegdämmerte.

Kapitel 4

Gerade, als sie eingeschlafen war, weckte sie laute Musik und Gejodel. Mia fuhr erschrocken im Bett auf und lauschte senkrecht sitzend dem Gelächter. Aus kaum offenen Augen sah sie, dass es bereits taghell draußen war. Da alle scheinbar viel Spaß hatten, quälte sie sich aus dem Bett und ins Bad. Nach der letzten Nacht wäre sie heilfroh, wenn keiner sauer auf sie war oder es Cam gut ging.
Und dann verstand sie den Aufruhr, als sie die Treppe hinabging. Es war Halloween – was sie völlig vergessen hatte. Hier am Ende der Welt, wie sie sich oft fühlte, wenn sie raus ging und nichts als Wald und Himmel sah, konnte man so etwas wie die Feiertage der Menschheit gut vergessen. Doch die Woods hatten es nicht vergessen. Überall standen Kerzen, Totenschädel und Kürbisse. Spinnenweben hingen von den Decken und von dem laufenden Fernseher.
Mia fragte sich, wann um alles in der Welt Paige und die anderen das Haus geschmückt hatten, aber die Standuhr im Flur verriet ihr, dass es bereit Mittag war und sie doch länger geschlafen hatte, als sie sich fühlte. Als sie ins Wohnzimmer kam, drehten sich alle Köpfe zu ihr um und wurde sie lautstark begrüßt.
„Was macht ihr?", fragte sie grinsend in die Runde.
„Nach alter Tradition sehen wir uns Horrorfilme an", informierte sie Connor.
Sie runzelte die Stirn und sah zum Fernsehen. Der laufende Film sah alt aus, aber sie konnte nicht sagen, was es war. Sie stellte sich hinter das Sofa, gleich hinter Cam. Aber ihr Glücksritter sah wieder putzmunter

aus. Dennoch beugte sie sich zu ihm runter. „Und? du bist wieder heil?"

Der dunkle Haarschopf sah blinzelnd zu ihr auf. Überrascht sah sie, wie verlegen er aussah. Seth hatte recht gehabt, das Ego hatte am meisten gelitten.

„Mh... ja, war nicht so schlimm."

Zayn, der neben seinem Bruder saß, zog die Augenbrauen hoch. „Klar, deswegen hast du auch nur die ganze Nacht gewinselt. War kurz davor, dir den Gnadenschuss zu geben."

Außer der Körpergröße und den dunklen Haaren hatten die beiden kaum was gemeinsam. Zayn sah mit etwas verschwommener Sicht Seth ähnlich. Da sie beide scharf geschnittene Gesichter und helle Augen hatten, aber Barbie – wie Cam immer sagte – war einfach zu schön, um echt zu sein. Cam selbst sah Connor ähnlicher, aber sie konnte sich kaum vorstellen, dass der breite Connor je so schlaksig gewesen war. Doch in diesem Augenblick hatten die Jungs genau den gleichen Gesichtsausdruck. Ihre Nasenflügel hoben sich und das Kinn trat vor. Es sah aus, als würden sie gleich einfach die Köpfe gegeneinander rammen. Cam knurrte leise.

Augenblicklich schlang sich Fergus' Hand von rechts um Zayns Stirn und zog ihn von Cam weg. „Lass das. Dein kleiner Babybruder ist schwer verwundet!"

Damit lehnte sich Zayn zurück und starrte zum Fernseher. Fergus und ihr Blick kreuzten sich, aber er nickte nur knapp. Freundlich war anders, aber immerhin.

Dann konzentrierte sie sich wieder auf den Film. Worauf sie schockiert die Augen aufriss, als sie begriff, was sie sahen. Es war der *Exorzist*. Sie schlug die Hände vor die Augen, als sich in der berühmten Szene der Kopf um 180 Grad drehte.

„Alles okay?", lachte hinter ihr eine tiefe Stimme. Eine Stimme, die sie sofort erkannte. Sie hatte sich schon gefragt, wo er abgeblieben war. Mia hatte gefürchtet, dass Seth ihr nach der Nacht wieder aus dem Weg gehen würde.

„Ich finde den Film auch eklig", sagte er, als sie sich zu ihm umdrehte.

Er saß auf dem Sessel schräg hinter ihnen. Die nackten Füße auf einen kleinen Tisch hochgelegt, während er entspannt im alten Ohrensessel vor der Bücherwand saß. Ein amüsierter Ausdruck lag auf seinen Lippen und die wunderschönen, hellgrünen Augen leuchteten aus dem gebräunten Gesicht zu ihr auf, was unter dem Dreitagebart noch dunkler wirkte. Automatisch verfiel ihr Herz wieder in Galopp.

„Ich bin ein Hasenfuß. Aber das wusstest du wohl schon."

Was sie damit noch sagte, war ihr klar. Sie gestand ein, wie dumm sie sich gestern benommen hatte.

Die grünen Augen wurden von einem breiten Grinsen hoch schmaler. Es traf Mia wie ein Hammer, als er so zu ihr hinauflächelte und lässig die langen Beine entknotete. Er erhob sich, während er die Kaffeetasse kurz empor hielt. „Kaffee, Lady Hasenfuß?"

Den Spitznamen hatte sie gerade praktisch selbst erschaffen. Mist!

Langsam kam Seth auf sie zu, so dass sie nun zu ihm aufsehen musste. Plötzlich war er ganz nah und sie konnte riechen, dass es nach Duschgel und einfach sauberen Mann roch. Beinah wurde sie rot, als sie nun dankbar nickte.

„Setz dich einfach hin und ich bring dir alles", sagte er schon beim Gehen. Und schon stand sie verdattert im Raum. Eilig sah sie um, ob jemand ihre Reaktion bemerkt hatte. Natürlich hatte das jemand – oder eher alle!

Bekkas Mundwinkel zuckten. Die kleine, schwarzhaarige Frau saß neben Connor auf dem kleinen Sofa, was rechts von dem großen Hauptsofa stand, auf dem Cam und die anderen saßen.

„Und was macht ihr heute?", fragte sie, als sie sich auf die Lehne neben Bekka setzte. Paige war nicht anwesend. Vermutlich hatte sie keine Lust auf den Film.

„Wir essen, trinken und sehen fern. Und vielleicht gehen wir heute Abend Leute erschrecken. Immerhin haben wir die besten Kostüme." Das sagte Cam, der sich wie ein kleines Kind an Weihnachten benahm. Aber Mia musste zugeben, dass die andern auch so ein Leuchten auf dem Gesicht hatten.

„Das ist nicht dein Ernst! Ihr geht doch nicht verwandelt unter die Menschen!", entfuhr es ihr entsetzt. Zu ihrer Überraschung lachte Zayn als einziger laut los. Dann blinzelte er zu ihr: „Als würde Seth das erlauben. Er würde eher unsere eigenhändig erwürgen."

„Da hat er recht!" Der Alpha war wieder absolut geräuschlos erschienen und Mia bekam das Gefühl, dass er unbemerkt bleiben konnte, wenn er es wollte. Keine Hochspannung, die den Körper grillte.

„Aber wir gehen feiern. Hast du Lust mit uns zu kommen?" Damit reichte er ihr eine Tasse Kaffee, aus der

Dampf aufstieg, und einen Teller mit Pancakes. Spätestens jetzt war sie diesem Mann verfallen.

Seit langem hatte sie nicht mehr so gelacht. Sie machten Spiele, unterhielten sich und sahen ununterbrochen fern. Von *Saw*, zu *Es* von Stephan King bis *Underworld* – wo alle immer anfingen zu buhen, wenn die Werwölfe verloren… Ab und zu erschien Paige, die dann aber immer wieder angeekelt verschwand.
Und so ging es bis abends um halb elf. Dann standen plötzlich alle auf, gingen raus und rieben sich fast schon die Hände. Sie zog die Stirn kraus und sah Seth fragend an.
Der zog die schwarzen Augenbrauen zusammen. „Cam und Zayn freuen sich, weil sie zu einer Party dürfen. Das erlaube ich sonst nicht. Die Gefahr ist zu groß, dass sie sich streiten, besaufen oder… anderweitig abgelenkt werden."
Sie verstand, dass die jungen Vargs unter besonderen Umständen wohl dem erhöhten Risiko ausgesetzt waren, sich vor Menschen zu verwandeln.
„Naja, und du musst wissen, dass hier im Ort eine Werwolf-Party jedes Jahr stattfindet. Eine Party, wo alle, die als Werwölfe hinkommen, an einem Contest teilnehmen. Gewinner wird der gruseligste Teilnehmer und bekommt einen Abend lang alles umsonst."
„Ernsthaft?", fragte sie schmunzelnd. „Und ihr könnt widerstehen und nehmt nicht teil?"
Er zwinkerte: „Wir nehmen teil."

Eine halbe Stunde später war sie auf ihrem Zimmer gerade dabei noch etwas ihr Make-Up aufzufrischen, nachdem sie eilig in ihre besten Jeans und ein strahlend weißes, enges Top mit großem, rundem Ausschnitt geschlüpft war, als es klopfte. Missmutig betrachtete sie noch das wenig aufregende Outfit. Aber sie hatte eben nicht für Partys gepackt! Was sie zugegeben nie tat.

Sich mit ihrer Erscheinung abfindend öffnete sie die Tür und stand Seth gegenüber. Sie stand da und starrte ihn ungläubig an. *Aber tat sie das nicht ständig?* Fasziniert sah Mia, wie sich seine Mundwinkel hochzogen und er an sich selbst herabsah. „Und was sagst du als Mensch? Falle ich auf?"

Sie konnte sich ein Lachen nicht verkneifen. Er hatte sich nicht etwa verwandelt, sondern wirklich verkleidet! Wenn auch etwas halbherzig. Er trug eine braune Stoffhose, deren Hosenbeine in Kniehöhe zerfetzt waren, ein hellblaues Hemd, was zerknittert war, und einen lockeren roten Schlips. Das pechschwarze Haar sah noch zerwühlter als sonst aus und stand dank einer Mengen Haarspray in alle Richtungen. Außerdem war, wie sie hoffte, künstliches Blut am Hemd und seiner rechten Wange nahe Mund.

Mia zog die Augenbrauen spöttisch hoch und ging auf ihn zu. „Nicht sehr ausgefallen. Wer hatte die lahme Idee?" Langsam ging sie um ihn rum.

„Lahm? Ich bin ein Werwolf NACH Vollmond."

Wie wahr! So gesehen musste er gewinnen.

Sie musste kichern. „Hiermit bekommst du keinen Preis. Du siehst eher aus wie ein Irrer oder ein Zombie im besten Fall. Du hast noch nicht einmal Fell. Keine Krallen?", zog sie ihn auf.

Nach ihrer Runde um ihn herum, stand sie nun leicht schräg vor ihm. Seth beugte sich verschmitzt grinsend zu ihr runter: „Ach, bin ich dir plötzlich nicht animalisch genug, Lady Hasenfuß?"

Er benutzte ihre eigenen Worte gegen sie. Den Kopf in den Nacken legend, da sie ihm sonst nicht ins Gesicht sehen konnte, wenn sie so nah vor ihm stand, verschränkte sie die Arme und zuckte spöttisch mit der Schulter. „Ich bin mehr gewohnt, Mr. Schlechtestes-Varg-Kostüm-Ever!"

Seine Lippen zuckten: „Werwolfskostüm, nicht Varg!" Er hob einen Finger mahnend vor ihre Nase. Sie kreischte beinah auf, als eine schwarze Kralle vor ihrer Nase erschien. Amüsiert wackelte er mit den Fingern vor ihren Augen. Scharfe schwarze Krallen zogen sich wieder ein, nur um dann wieder auszufahren. „Doch zu viel des Guten?"

Schnaubend sah sie ihn an: „Ich wusste nicht, dass ihr so etwas könnt. Ich meine, etwas an euch verwandeln, während der Rest menschlich bleibt."

Ihr Herz blieb stehen, als er ihr spielerisch auf die Nase tippte. „Das ist ein Trick für Fortgeschrittene." Mit gerunzelter Stirn nahm sie seine Hand. „Fällt das nicht auf?"

Nun war sie tatsächlich zu neugierig, um wie erstarrt rumzustehen.

„Sie werden es für Plastiknägel zum Aufkleben halten."

Schweigend standen sie sich gegenüber und Mia dämmerte, dass sie zum ersten Mal wirklich mit ihm alleine war und ungezwungen mit ihm reden konnte. Seine

Augen sagten ihr das gleiche. Kleine Lachfältchen waren um seine Augen erschienen und als er nun den Blick von ihrer Hand an seiner hob, schlugen diesen unfair sinnlich langen Wimpern auf.
„Das überrascht mich, Mylady. Sie können richtig mutig sein", murmelte er. Seine langen Finger schlossen sich plötzlich um ihre, sodass er sie nun festhielt. Langsam zog er sie etwas näher an sich. „Worum wetten wir, dass ich einen Preis gewinnen werde?"
„Nie im Leben", beharrte sie, während ihre Hand in seiner lag. Verdammt, seine Körperwärme sickerte durch ihre Haut. Die rauen Handflächen ließen diese prickeln, als er mit dem Daumen über ihren Handrücken fuhr und leicht Kreise zeichnete. Sein Mund kam näher zu ihrem Ohr. Alles an ihr summte, hoffte, dass er sie küsste. Wollte ihn so unbedingt spüren, dass sie sich ihm instinktiv entgegenlehnte. Seine Lippen trafen auf ihr Ohr, als er ihr das lange Haar beiseite strich und dann wieder seinen Mund an ihr Ohrläppchen legte. Kurz zwickte es und sie riss die Augen auf.
Der verflixte Wolf biss!
„Ich mag deine Ohren", beteuerte er.
Ja, klar! Und trotzdem freute sie das.
„Wir machen es so, wenn ich gewinne, dann bekomme ich einen Tanz. Zu einem langsamen Song. Und wenn du brav bist und ich keinen Preis gewinne, dann bekommst du einen Kuss. Ganz klassisch!"
Seine tiefe Stimme vibrierte an ihrer erhitzten Haut und Mia musste alle Kraft aufbringen, damit sie sich nicht bereits jetzt an ihn lehnte.
„Das verstehe ich nicht." Sie sah schwer schluckend auf seine viel größere, narbige Hand, die ihre nun

plötzlich sehr feminin wirkende hielt. Immer noch malte er kreise auf ihre Haut, so dass sie fast wahnsinnig von dem rauen, heißen Gefühl wurde. Wenn sich das schon gut anfühlte, was konnte er dann erst mit dem Rest ihres Körpers tun?
Seth lachte leise in sich hinein. „Was verstehst du nicht? Dass ich so oder so gewinne? Bei einem Preis für das Kostüm, gewinne ich einen Tanz. Bei keinem Preis, verliere ich zwar, aber als braves Mädchen, belohne ich dich mit einem Kuss."
„Brav?" Das Wort hatte verdorben geklungen. Er trat etwas von ihr zurück.
„Du könntest ja auch dafür sorgen, dass wir enttarnt werden. Dann würde ich mit Sicherheit den größten Preis für das beste Kostüm auf Erden gewinnen, aber… das wäre geschummelt, oder? Also bist du brav, wenn du mich nicht auffliegen lässt."
Die Erklärung machte sie unruhig. Er war ein Werwolf. Etwas, was man vergessen konnte, wenn er solch kleine, verführerische Dinge tat. Ihr Ohr und ihre Hand glühten von den Liebkosungen. „Also werde ich brav sein?", fragte sie nur und Seth nickte, als er den Kopf mit prüfendem Ernst schief legte. „Ich denke schon."
Das nicht ausgesprochene *Oder* lag in der Luft, als er sich umdrehte und ging. Mia wurde flau im Magen. Sie hatte nicht vor, die Vargs zu verraten, aber sie hatte auch nicht vor, bei ihnen zu bleiben. Oder sich auf etwas einzulassen, was sie und ihr ganzes Leben überrollen würde.
Cam erschien mit ähnlicher Aufmachung wie sein großer Bruder im Türrahmen. „Kommst du nun mit uns?" Mia nickte nicht, sondern folgte ihm nur wortlos.

Draußen war es bereits stockdunkel, als sie die lange Auffahrt des Haus hinabfuhren. Es war eine sternenklare Nacht, die erschreckend kalt war und der Mond hing gespenstisch nah über ihren Köpfen. Mia betrachtete die weiße Scheibe am Nachthimmel, die noch sehr wie der Vollmond der letzten Nacht erschien. Aber offenbar kamen die Vargs mit der lauernden Bedrohung über ihren Köpfen klar. Zumindest hatte es niemand beklagt.

Sie saß neben Seth vorne im SUV, da die Männer darauf bestanden hatten, dass sie nicht hinten zwischen ihnen eingeklemmt sitzen sollte. Allerdings fühlte sie so nun Seths Präsenz wie einen Grillofen. Das war keineswegs beruhigen oder anziehend.

Was auch immer gerade in ihrem Zimmer und in der letzten Nacht zwischen ihnen gewesen war, es war wie von einem Sandstrahler weggespült.

Mia war sich mehr als bewusst, dass sie auch ohne eine Romanze – oder eher einer Bettgeschichte, wie sie Seths Ziel einschätzte – tief genug im Morast stand. Seth hatte unterschwellig klar gemacht, dass er ihr nicht wirklich vertraute.

Wut schoss in ihren Magen. Er konnte mit ihr flirten, aber anscheinend, hieß das nicht, dass er ihr sonderlich viel traute! Das beleidigte sie tief.

Es konnte sein, dass sie überängstlich war und mit der Varg-Geschichte nicht gut umgehen konnte, aber sie würde nicht das Leben von einer Familie gefährden, solange sie keinen Grund außer ihrer „Hasenfußigkeit" gegenüber seiner Spezies hatte. Es war schließlich

nicht so, als würde sie die Woods für Mörder halten, sondern...
Sie rieb sich mit der Hand über die Stirn. Nur konnte sie nicht Gefahr leugnen, die von Wesen ausging, die so viel stärker als Menschen waren.
Himmel, Seth hatte den angreifenden Varg wie eine Puppe zehn Meter weit geschleudert und damit das Haus demoliert. Ganz zu schweigen davon, dass sie verflixt schnell heilten. Sie sah in den Rückspiegel zu Cam, der etwas auf seinem Handy tippte. Sein Gesicht wurde vom Display anstrahlt. Letzte Nacht hatte er mehrere Brüche erlitten und nun war er schon wieder quietschfidel.
Ja, ihre Überlegenheit und Andersartigkeit ängstigte und verunsicherte sie, aber sie mochte sie auch alle. Sie hatte keine Sekunde das Gefühl gehabt, dass sie die Menschheit vor ihnen warnen müsste. Auch, wenn nicht alle Vargs nett waren. Aber die Woods schienen sich der Bedrohung gut anzunehmen. Mia wollte ihr Leben nicht gefährden.
Trotz all der Logik, fühlte sie sich dennoch wie in einer Falle.
Als würde etwas auf sie lauern, sie gefangen nehmen oder viel mehr *wegzerren*... Als würde ihr normales Leben ihr entgleiten.
Sorge kam zu der Wut. Setzte sich am unteren Ende ihrer Wirbelsäule fest. *Gott, bald musste sie etwas über alternative Medizin und Chakren lernen...!* Ihr Körper bestand nur noch aus Zentren der starken Emotionen.
„Mia?", riss Fergus' Stimme sie zurück in die Realität. Sie drehte ihm das Gesicht halb zu, da er genau hinter

ihr saß. „Kleine Lektion zum Thema Geheimhaltung. Das Wort Varg fällt nicht, wenn andere anwesend sind. Nie. Auch nicht in SMS oder Mails. Kein Wort in Foren, am Telefon oder auch nicht zu deiner besten Mädchenfreundin. Klar?"
Sie runzelte die Stirn. „Klar." *So etwas hatte sie eh nicht...*
Das leichte Knurren von ihm reizte sie. Funkelnd drehte sie sich mehr zu ihm um, bis sie ihn ganz ansehen konnte. Fergus hatte sich nicht verkleidet und trug wie immer Jeans und schwarzes T-Shirt. Trotz der kälter werdenden Jahreszeit hatte keiner Jacken mitgenommen.
„Ist das nötig? Wirke ich nicht kooperativ, oder so was?"
Die Augen des blonden, hageren Vargs ließen sie keine Sekunde los. Der ausdruckslose Blick ging ihr bis in die Knochen. Konnte sein, dass er in den letzten Tagen netter zu ihr gewesen war, aber es änderte offenbar nichts an seinem Missfallen an der allgemeinen Situation.
„Wir alle können deine Angst riechen. Und Angst ist doch der Grund, wieso ihr Menschen uns gefährlich werden könntet."
Schweigen. Ihre Wangen erhitzen sich. Der Gedanke hätte ihr mal früher kommen können. Werwölfe mussten bessere Nasen haben. Aber irgendwie hatte sie das nur angenommen, wenn sie auch verwandelt waren.
„Lass sie in Ruhe, Fergus", eilte ihr Zayn bei, der hinter Seth im Auto saß und bis jetzt wortlos aus dem Fenster gestarrt hatte. Er hatte sich nicht verkleidet, aber er hielt eine Werwolfsmaske aus Gummi auf seinem

Schoß fest. „Es ist doch nur natürlich, dass sie so fühlt. Ansonsten wäre sie ein Idiot."
Dabei sah er sie nicht an, sondern sah nur weiter raus. Mia schwieg wie all die anderen und setzte sich wieder hin.
Was sollte sie auch sagen? Abstreiten machte keinen Sinn. Und auf das Thema hatte sie auch seit den letzten drei Minuten keine Antwort parat, die sie nicht in den letzten Wochen gefunden hätte. Verdrängung lag ihr einfach besser.

Sie fuhren durch die Straßen der Stadt. An einem großen Gebäude hielte sie, was sie als Kino erkannte. Bekka und Connor waren bereits angekommen und stiegen aus dem Impala, als sie ebenfalls ausstiegen. Bekka kam eilig zu ihr, da sie offenbar ihre Stimmung bemerkte.
„Alles ok?", fragte sie, als sie Mia zum Eingang zog.
Die Männer gingen hinter ihnen und Mia konnte sich denken, dass sie sie trotz der lauten Musik bestens hören konnten. Sie musste lernen die besseren Sinne der Vargs zu berücksichtigen. „Keine Sorge, ich bin nur… nachdenklich."
Bekka schien das nicht zu befriedigen, aber sie sagte nichts mehr. Immerhin waren sie auch unter Menschen, so dass ein Gespräch darüber jetzt eh untersagt war. Mia konnte zwar nicht glauben, dass sie so streng diese Schweigeregel einhielten, aber offenbar galt sie zu hundert Prozent für ihre Person.
In der Eingangshalle tummelten sich Menschen, die sich Bier und Snacks kauften. Viele waren ähnlich wie Seth, Cam oder Zayn verkleidet. Andere hatten sich

das ganz gespart oder kam als Hexen, Vampire oder auch Superhelden. Es gab überall Halloweendekoration. Grimassen schneidende Kürbisse, ganz im Stil der ländlichen Gegend. Aber auch im schummrigen Licht konnte sie neongrüne leuchtende Plastikskelette und riesige Spinnenweben erkennen. Auf einem kitschigen Plakat wurde für den Wettbewerb geworben: Der beste Werwolf sollte eine Jahreskarte für das Kino gewinnen und für den heutigen Abend Freigetränke für sich und seine Begleitung.
Sobald sie drinnen waren, wurde Bekka hier und da begrüßte. Aber sie blieb nirgends stehen, sondern zog Mia gleich zur Bar. Hier bestellte sie ihnen zwei Bier. Mia behielt für sich, dass sie sonst kein Bier trank.
Die anderen kamen ihnen nicht nach.
„Ich kann mir denken, was passiert ist... Aber nimm es dir nicht zu Herzen. Sie sind da eben so. Das kommt daher, dass sie ihre Familie schützen wollen."
Erstaunt, wie gut Bekka die Situation gelesen hatte, schüttelte Mia den Kopf. „Es ist ok. Ich kann das verstehen. Aber irgendwie fühle ich mich beleidigt."
„Ja... Aber du musst verstehen, dass es sie alle in Alarm versetzt hatte, als sie bei deiner Ankunft begriffen, dass du keinen blassen Schimmer gehabt hast und sie sich selbst verraten hatten."
„Auch das kann ich verstehen..." Die zwei Bier wurden vor ihnen abgestellt und Bekka zahlte für sie beide.
„Ich bezahl die nächsten Getränke!"
Die kleinere, schlanke Frau lächelte bereit. Es war ehrlich, breit und ansteckend. „Auf einen sorgenfreien Abend! Entspann dich!"

Sie stießen an, aber Mia schüttelte den Kopf: „Ich bin entspannt. Ich hatte seit… Ich weiß auch nicht! Vermutlich seit meiner Schulzeit nicht mehr so viel Zeit für mich. Dafür muss ich euch noch danken, wenn Paige mich nicht eingeladen hätte, wäre ich nun ein nervöse Wrack."
„Und das, obwohl du hier so viel Überraschungen hattest?", fragte Bekka ungläubig.
Kurz überlegte sie, aber es stimmte. „Dennoch."
Sie blieben an der Bar, unterhielten sich und urteilten über die Kostüme. Irgendwann schob sich aber die Menge fast hektisch vor ihnen auseinander. Aber es war nur Connor, der auf die zu steuerte. Zugegeben war er riesig und überragte alle Anwesende, aber insgesamt hatte der Älteste der Woods eine eher ruhige, fast sanfte Ausstrahlung. Eher so, als würde er gleich mit Kindern Sandburgen bauen oder mit Hundewelpen spielen.
Die Bilder ließen Mia grübeln, ob Bekka und er Kinder haben wollte. Und das führte zu der Frage, wie Vargs als Babys und Kinder waren. Verwandelten die sich auch schon?
Einige der Anwesenden beäugten Connor misstrauisch, andere lästerten und tuschelten mehr als deutlich. Mia war aber nicht überrascht. Seit den zwei Wochen, in denen sie nun hier war, hatte sie begriffen, dass die Woods zwar Jobs in der Stadt hatten und auch wie Menschen lebten, aber eben nicht *mit* ihnen lebten. Keiner kam je zu Besuch, so dass es schien, als hätten sie keine menschlichen Freunde. Die einzige Ausnahme schien da Cam. Aber auch er ging nie mit seinen Freunden weg oder lud sie zu sich ein. Ab und zu

riefen hochnervöse Mädchen für Zayn an, aber die wimmelte er persönlich schnellstens ab.

„Hallo, ihr beiden. Wollt ihr gar nicht mit rüber? Da kann man tanzen." Er wies auf die offen stehende Tür zum kleinen Festsaal, aus der die Musik schallte. Connor hatte ebenfalls auf eine Verkleidung verzichtet.

Bekka hüpfte auf und ab, sah aber kurz zu Mia, ob es ok war. Über die Geste musste sie lächeln. „Geht ruhig. Ich bleib lieber hier..."

Aber weiter kam sie nicht. Seth schob sie durch die Menge, wie bereits Connor. Nur mit dem Effekt, dass niemand tuschelte und die meisten wegsahen. Mia wurde wie mit einem Hammerschlag bewusste, dass sie wirklich Angst vor ihm hatten. Und sie wussten gar nichts über ihn. Sie hielte ihn für einen Kriminellen, aber nicht für ein Monster.

Bei dem Gedanken fühlte sie sich betrübt.

„Du verpasst alles", sagte Seth, als er neben ihr ankam, und gab dem Barkeeper ein Zeichen.

„Ich hatte nicht das Gefühl, dass ich sonderlich erwünscht bin." Das klang zickiger, als sie beabsichtig hatte...

Seths helle Augen musterten sie, während er sich neben ihr streckte, um das Bier anzunehmen. Dann lehnte er sich lässig neben ihr an den langen Tresen, die langen Beine über Kreuz. Plötzlich hatten sie viel Platz für sich, da alle zu ihnen Abstand hielten.

„Das stimmt nicht. Du bist willkommen, sonst hätten wir nicht mitgenommen. Fergus wollte nur dafür sorgen, dass es keine Probleme gibt. Wir neigen nicht zum Lügen, Speichellecken oder hinterhältigen Spielen. Das tun nur Menschen."

„Ach? So wie ich?"
Seine Augen wurden frostig. „Wir besprechen das hier nicht."
„Ja, klar… Das hat Fergus ja deutlich gesagt. Aber wir können darüber reden, wieso ihr jetzt erst so paranoid reagiert. Habe ich etwas getan, was euch annehmen lässt, ich sei nicht verschwiegen?"
Er nippte an seinem Bier. „Meine Mutter wollte, dass wir dir Zeit geben. Dass du uns kennenlernst kannst. Aber auch, damit du wirklich Urlaub machen kannst. Du bist die Tochter ihrer besten Freundin. Sie hat ihr, und somit dir, vertraut und wir vertrauen dir daher auch."
„Und wenn nicht? Wäre ich dann jetzt in einem Leichensack?", entfuhr es ihr zu laut.
Seth lehnte sich vor: „Wenn du weiter machst, wird bald wieder die Polizei bei uns klingen. Wäre zwar nicht das erste Mal, aber es nervt tierisch."
Mia biss die Zähne zusammen. Wie sie gerade noch bemerkt hatte, schiene alle Leute, die Woods für Killer, Mafiosi oder ähnliches zu halten. Sie schluckte weitere Kommentare runter, als sie die neugierigen Mienen um sie herum wahrnahm. Dank der laute wummernden Musik und den Stimmengewirr konnte niemand sie hören.
Seth fasste ihre Schulter und drehte sie zu sich. „So etwas tun wir nicht. Aber wir hätten dir gedroht und etwas Angst gemacht."
Geschockt sah sie zu ihm hoch. Das war vielleicht besser, als getötet zu werden, aber dennoch nicht die feine Englische.

„Und was glaubst du?", fragte sie und sah ihn offen an. „Würde ich euch in Gefahr bringen?" Ihr Herz klopfte augenblicklich heftiger wieder. Schmerzhaft wurde ihr klar, dass ihr bereits jetzt seine Meinung von allen am wichtigsten war, obwohl er ihr am meisten Angst einjagte. Nicht der aggressive Fergus war das gefährlichste Raubtier hier. Das war Seth selbst.

Sein Mund presste sich zusammen. Offenbar fiel es ihm schwer eine Antwort zu geben. Dann sah er ihr fest in die Augen. Suchend. Seine langen Wimpern lenkten sie ab. Sie sah nur die lang und schwarz sie waren. Fast wollte sie daran zupfen, um zu sehen, ob sie wahrhaftig echt waren.

Aber sie konnte sich nicht regen. Mia fesselte das unnatürlich intensive Gefühl, was sie empfand und was auch in seinen Augen stand. Die Anziehung war gegenseitig, falls sie daran noch mal zweifelte.

„Ich denke nicht, dass du uns schaden willst. Aber Fergus hat Recht. Deine Angst ist nur allzu deutlich. Dazu musste ich letzte Nacht nicht dein Gesicht sehen. Du hast eine Art Urangst vor uns, die dir tief in den Knochen steckt. Du kannst sie nicht abschütteln, weil sie dein Instinkt ist. So wie sich Igel bei Gefahr zusammenrollen und Rehe bei erster Witterung von Raubtieren erst einmal still verharren."

„Sehr schmeichelhaft…", murmelte sie, bevor sie zu ihm aufsah. Nur wenige Zentimeter trennten sie, aber sie berührten sich nicht. Sie konnte dennoch seine Hitze spüren. Seths Gegenwart war eindeutig mehr als die eines anderen Menschen. Auch mehr als die andere Vargs. Er war ihr Anführer und verdammt gefährlich und dominant. Etwas Animalisches kratzte gleich

über die Sinne eines jeden, der ihn sah, weil es aus seinen Bewegungen, seinen Augen und seinem ganzen Körper sprach. Wer sah den dermaßen gesund und fit aus?
„Verfliegt das irgendwann?", ihre Stimme klang dünn, aber Seth hatte tatsächliche gute Ohren und verstand sie. Er zuckte mit den Schultern: „Es ist nicht so, als hätte ich da Erfahrung. Wie du vielleicht weißt, haben wir kaum näheren und engen Kontakt zu Fremden. Die meisten menschlichen Eingeweihten haben weniger Angst, aber sie bleiben auf der Hut und auf Distanz. Aber sie sind seit Kindheit Teil des Rudels."
„Und was ist mit deinen… äh… Frauen?"
Seine Mundwinkel zuckten kurz. „Süße, wir sind monogam." Er trank ein paar tiefe Schlucke von seinem Bier und sie gaffte.
„Als ob!", knurrte sie fast. „Du bist nie im Leben Jungfrau!"
Jetzt brach er in lautes Lachen aus, was dazu führte, dass sie sich entspannte und in dem Gefühl sonnte, was sein Lachen bei ihr auslöste. Er stellte seine leere Falsche ab und drehte ihr fast den Rücken zu, als er sich auf dem Tresen mit beiden Ellenbogen abstützte. Mit Lachfältchen in den Augenwinkeln sah er zu ihr. „Nein, ich gebe zu, dass ich bereits kompromittiert wurde." Er musste breit grinsen, als sie blinzeln musste.
Seine Zähne blitzen auf. „Aber ich bin bei weitem auch kein Weiberheld. Und aus dem Grund, den du genannt hast. Es gibt zwar Frauen, die sich an uns ran machen, aber ich mag es nicht, wie schnell viele von ihnen zurückzucken, wenn ihnen unterbewusst klar wird, dass

etwas nicht stimmt. Die Urangst ist nicht für dich erfunden worden, Mia. Anderen geht es genauso."
„Aber…"
Er richtete sich wieder auf. „Nein, jetzt bin ich mal dran! Über dich weiß ich fast nichts und ich plaudere hier schön über mein Intimleben." Der Ton verriet ihr, dass er eigentlich damit null Probleme hatte. Sie kniff die Augen zusammen: „Ich bin auch entjungfert."
Fast hätte er sich an dem neuen Bier verschluckt, was er gerade an den Lippen setzte.
„Sehr schön, dass du auch so direkt sein kannst." Er zwinkerte ihr zu. „Dann erzähl mir doch mal mit wem und wann. Und lass nichts aus."
Sie warf ihm ihre beste hochmütige Miene zu: „Abgelehnt."
Lässig zuckte er mit den Schultern. „Ich werde nach einigen Bieren darauf zurückkommen", versprach er. Und Mia spürte wie ihre Wangen mal wieder heiß wurden. Eigentlich war sie nicht verklemmt, aber Seth war eindeutig etwas direkter als das, was sie gewohnt war. Aber ihre Exfreunde waren auch ein ganz anderer Typ Mann als Seth gewesen. Sie dachte an den langweiligen Bürohengst Owen, der sie zwölf Mal ausgeführt hatte, bevor er andeutete, dass sie zusammen sein und er mehr wollte. Die Ansprache hatte dazu geführt, dass sie sich im Geiste immer weiterzurückgezogen hatte. Seth war eindeutig anzüglich und das war gut, beschloss sie.
„Was willst du denn dann wissen?", fragte sie.

„Mich würde interessieren, wie dein Leben aussieht", sagte er in einem ersten Ton, der sie überrascht aufsehen ließ. Sein Blick war offen und abwartend. Ja, er meinte das hier ernst.
„Mein Leben? Das ist wohl nichts Aufregendes im Vergleich…"
„Überlass das mir. Also, plaudere mal etwas mit mir!" Dabei drückte er ihr ein neues Bier in die Hand. Stirnrunzelnd sah sie auf die Flasche in ihrer Hand. Wie machte er das? Bekka und sie hatten länger auf Bedienung warten müssen.
„Hat Vorteile, wenn alle Angst haben, dass man sie mit Betonfüßen im Meer versenkt", erklärte er, als ihre Verwunderung sah. Mia schielte zum Barkeeper, der Seth wirklich immer wieder nervöse Blicke zu warf. Soviel zur Urangst.
„Ok…. Naja, was tue ich? Ich lebe in Boston, aber eigentlich sehr ruhig. Ein Haus für mich alleine. Relativ untypisch abgelegen. Meine Eltern hatten trotz des Großstadtlebens, was sie liebten, das Bedürfnis auf Privatsphäre. Unser Hotel mit Diner, was eher ein Café nach europäischem Vorbild ist, liegt nicht weit weg. Morgens kann ich zu Fuß hingehen… Tja, das war es auch schon."
„Das war's? Du hast dein eigenes Geschäft, bist Millionärin, und du lebst unter so vielen Leuten und das war es?", er schien es ihr nicht abzukaufen.
Auf das Thema Geld ging sie nicht ein. Es spielte in ihrem Leben keine Rolle. Vermutlich weil sie so viel hatte… Aber auch, weil es sie ankotze, wie Menschen darauf reagierten. Ihr Vater hatte es geerbt. Sie hatte

es geerbt. Wenn sie etwas dafür geleistet hätten, würde sie vielleicht lieber darüber reden.

„Wir sind oft umgezogen, als mein Vater noch lebte. Er starb, als ich fünf war. Daraufhin zogen wir kaum noch rum. Als ich vierzehn wurde, wurden wir endgültig sesshaft. Meine Mutter verkaufte alle anderen Anwesen und behielt nur das Haupthaus. Ab da an hätte ich Freunde finden können, aber... ich bin nicht gerade kontaktfreudig. Vielleicht habe ich irgendwann angefangen darauf zu verzichten. Es fiel mir immer schwer Freunde zu finden. Aber ich bin auch kein Partygänger... Das Leben in Boston liegt mir eigentlich nicht, aber ich lebte die meiste Zeit dort. Es ist mein Zuhause."

„Erzähl mir von deinem Alltag. Von deinem Hotel."

„Das interessiert dich?", fragte sie skeptisch.

„Ja, denn es ist deins." Und so fing Seth an, sie auszuquetschen und ehe Mia sich versah, redete sie mit ihm über die Anschaffung von Espressomaschinen und die Probleme mit den Internetbewertungen, die gar nicht von den Kunden sondern vom Konkurrenten stammten. Dabei bestellte er munter weiter Getränke und ihr Kopf schwirrte bald.

„Das hat dich vermutlich nicht wirklich interessiert, als du mich nach meinem Leben gefragt hast", schloss sie nach ihrer letzten Ausführung über Rechnungen für Reinigungsmittel.

Er zuckte nur mit der Schuler: „Es war gar nicht uninteressant. Außerdem gehört es zu deiner Arbeit, also zu dir."

Misstrauisch sah sie ihn an. „Du heuchelst kein Interesse vor, oder? – So etwas tut *ihr* ja nicht", provozierte sie ihn.
Doch Seth ließ sich nicht ablenken. „Nein, ich mag dich nur einfach sehr. Meine Neugier auf dich ist echt."
Seine unverblümte Erwiderung nahm ihr den Atem. Aber gleich nach der freudigen Überraschung in ihrem Herzen, ergriff sie Panik.
Genau, das hier, diese ernsten Gefühle zwischen ihnen hatte sie vermeiden wollen!
Nicht, weil es sich nicht *gut* anfühlte! Das wäre gelogen... Seth zog sie wie magisch an. Sie wollte ihn berühren, sehnte sich nach einem Kuss. Nach mehr als nur einem Kuss. Sie mochte es auch mit ihm zu reden, wie sie nun wusste...
Aber an seiner Seite gab es kein normales Leben für Mia. Sie konnte nicht hier bleiben und er auch nicht mit ihr kommen. Denn ihre Spezies-Probleme standen zwischen ihnen wie die Rocky Mountains.
Jetzt gerade hatte sie seine Nähe genossen, doch es war eine menschliche, kurzweilige Situation. Bei dem ersten Anzeichen seiner wahren Natur würde sie wieder Panik aus mehr als einem Grund überfallen.
Das zwischen ihnen war eindeutig nichts mit Bestand. Und da Mia kurz davor war, mehr zu fühlen, riss sie nun alle Schutzpanzer hoch, die sie hatte.
Er musste ihre Angespanntheit und ihre panischen Überlegungen gespürt haben, denn er wich etwas zurück.
„Du wirst das nicht erwidern, oder?", fragte er mit dunklem Ton.

Sie konnte ihn nicht ansehen. „Es wäre gelogen, wenn ich sagen würde, dass ich nichts für dich empfinden würde. Aber… ich werde *damit* nicht klar kommen. Du bist zu anders."

„Wirst du nicht? Oder willst du gar nicht erst?", fragte er alarmierend sachlich.

„Ich will es nicht versuchen, weil ich weiß, dass es nicht geht. Ein Versuch würde uns nur unnötig wehtun. Und ich bin nicht gerade mutig, Seth."

So viel Ehrlichkeit schuldet sie ihm.

Seine Augen wurden hart und fast eisig. „Ich danke dir für deine Offenheit. Aber", er beugte sich zu ihr, „dann werde ich nun auch ehrlich zu dir sein. Ein komischer Zeitungsartikel oder Blogbeiträge über uns – oder was weiß ich – und wir erscheinen ungebeten bei dir."

Ihr wurde übel. „Drohst du mir? Nachdem du mir sagst, dass du mich magst?"

„Das will ich nicht. Wirklich nicht. Aber ich muss es tun, Fergus hat vorhin meinen Job übernommen, weil ich zu sehr meine Pflichten vernachlässigt habe. Meine Familie und mein Rudel bedeutet mir alles. Und wenn du eines Tages anders empfinden und entscheiden solltest, dass du uns enttarnen musst, solltest du wissen, dass wir das nicht auf uns sitzen lassen werden."

Sie erkundigte sich nicht, ob er sie überwachen lassen würde. Viel mehr erschrak sie, wie schnell er von einem harmlosen Flirten auf Kälte und Distanz umschalten konnte.

Ihr kam ein gruseliger Gedanke. „Du sagst das, weil ich dich abgelehnt habe. Hast du deswegen mit mir überhaupt erst angebandelt? Um mich an dich zu binden und deine Familie zu schützen?"

Was sollte er sonst von ihr wollen? Ihr Geld kam ihr in den Sinn... Die Woods waren nicht reich. Sie konnten noch nicht einmal Miete zahlen.
Sein Kiefer malmte: „Für so erbärmlich hältst du mich?"
„Nicht? Sobald ich nein sagte, fiel es dir aber erstaunlich leicht, mich wie den Feind zu behandeln." Sie spürte die Blicke auf sich, da andere Feiernde sie musterten. Seth ließen die Anwesenden eh nie aus den Augen und nun stritten sie sich vor allen, was ihr Interesse verstärkte. Mia fühlte sich schon beinah prominent. Trotzig verschränkte sie die Arme.
„Es ist meine Pflicht!", sagte er nur knapp, als würde das alles erklären.
„Das ist kein Grund mich zu bedrohen und beleidigend zu werden!"
Sie kochte innerlich. Er hatte sie mehr verletzt, als Fergus vorhin im Wagen. Der hatte wenigstens nicht erst mit ihr geflirtet.
Seine Nasenlöcher blähten sich. Und Mia fragte sich, ob er ihre Wut roch.
„Du willst beleidigt sein? Du lehnst mich ab, weil ich *anders* bin. Wie soll ich einer Frau vertrauen, die zwar mit mir flirtet, aber die nicht versuchen möchte, sich in mich zu verlieben, weil sie nicht mag, was ich bin? Anscheinend ist mit mir flirten und vielleicht mit mir ins Bett gehen ok, aber echte Gefühle sind zu viel des Guten. Ich finde, du solltest dich an die eigene Nase fassen, wenn du über die falschen Beweggründe redest."
Das saß. Dieser Bastard!

Seinem Gesichtsausdruck nach war Seth kurz vorm Zähneblecken und ein Schauer fuhr ihr kalt über den Rücken, was verstörend zu der Hitze der Party, Seths Nähe und ihrem Zorn auf ihn war.

Als er ihre Furcht witterte, verzog er spöttisch den Mund und sie meinte zu sehen, wie seine Augen gelb aufleuchteten. Wortlos wich sie mit Herzrasen zurück. Eine Angst überflutete sie, wie schon in der ersten Nacht. Trotz allem, was sie erlebt und über ihn gelernt hatte, konnten ihre Instinkte nicht anders.

Sie würde gehen.

Kapitel 5

Als sie nach draußen gestapft war, stand sie erst ratlos in der Kälte. Irgendwie hatte sie mit Taxis gerechnet, aber hier in dem kleinen Ort schien es so etwas gar nicht zu geben. Mia zog die Nase kraus, da war sie wohl doch zu sehr Großstadtmensch.
Wut schoss in ihr hoch. Sie und Seth waren die kompletten Gegenteile. Sah er nicht, dass es nicht ging?
Trotzig lief sie mit schwingenden Armen und geballten Fäusten die Straße entlang. Einige Teenager, die in Gruppen draußen zusammenstanden, sahen ihr neugierig nach. Mia wusste, dass sie sich lächerlich machte, als sie wie eine Comicfigur, der Qualm aus den Ohren kam, daher marschierte. Aber wenn sie nun stehen blieb, würde sie zurückgehen. Aber das wollte sie um jeden Fall vermeiden.
Der Varg und sie hatten vielleicht eine gewisse Anziehung aufeinander, aber alles andere waren Hirngespinste!
Erstens, unvernünftig. Ihr Leben war nicht hier im Wald! Sie würde nicht alles, was sie noch von ihrer Familie hatte zurücklassen und hier abgeschottet leben. Denn hier redeten selbst die Menschen aus dem Ort nicht mit der Familie Wood. Mias Welt war woanders.
Zweitens, kam sie sich immernoch vor, als wäre sie in eine verrückte, unreale Welt gezogen worden. Jedenfalls nicht wie eine Frau, die eine Mann in der Wirklichkeit traf.
Drittens, sie wurde rot... Aber Tatsache war, dass Vargs nicht ganz menschlich waren. Und sie konnte mit niemandem zusammen sein, der kein Mensch war.

Egal, ob sie behaupteten, dass in ihrer Familie mal Vargblut gewesen sei. Sie, Mia Ashcroft, war ein stinknormaler Mensch! Und er war weder Mensch noch Tier.

Vor Kälte fing sie an zu bibbern und verschränkte beim Gehen die Arme vor der Brust, damit ihr nicht so die Zähne klapperten. Die belebten Straßen hatte sie nun hinter sich gelassen und eine nächtlich verlassene Stadt lag vor ihr. Der Weg war zu Fuß lang, aber sie würde schon ankommen. Energisch reckte sie ihr Kinn vor.
Das ging eine Weile gut, bis die lange Straße langsam vor ihr auftauchte, die kaum beleuchtet war und sich durch den Wald bis zu den Woods schlängelte. Kurz schloss sie flehend die Augen. Bitte, keine Monster und keine Mörder!
Die Bäume wiegten sich ächzend im Wind, Blätter raschelten und einige Nachtvögel riefen. Bei jedem näheren Knacken zuckte Mia zusammen.
Umso mehr fuhr sie panisch zurück, als plötzlich tatsächlich glimmende Augen vor ihr auftauchten. Mia schrie aus Leibeskräften.
Da war ein Varg aufgetaucht, der sie angreifen würde! Ihr Herz überschlug sich, dann leuchtete Licht hinter ihr auf. Weiße Autoscheinwerfer leuchteten einen Fuchs an, der eilig kehrt machte und im Wald verschwand. Eine Wagentür öffnete sich knarrend und schloss sich scheppernd.
„Mia?", fragte Connors tiefe Stimme. Er klang besorgt. Zittrig drehte sie sich zu ihm. Tränen rannen über ihr Gesicht, wie sie nun verblüfft feststellte. „Ich kann das

nicht…", eilig wischte sie sich über das Gesicht. „Ich hab euch gern, aber… Ich kann damit nicht umgehen. Alles in mir sagt mir, dass es nicht normal und nicht gut für mich ist. Und frag mich nicht, WAS normal ist. Es ist, als sei meine Welt durchgeschüttelt worden. Aber eins weiß ich, es verstört mich einfach zu sehr. Es gibt zu viel Unsicherheit und Fremdes in eurem Leben."
Connor starrte sie wortlos an. Mia biss sich auf die Zunge, weil ihr klar wurde, dass sie dem einen Bruder die Erklärung gegeben hatte, die der andere Bruder verdient hätte.
„Los, komm Mia. Ich fahr dich zum Haus", sagte Connor nur und öffnete wieder die Wagentür des alten Impalas.
Zum Haus. Nicht *Zuhause.*
Zwar weinte sie nicht mehr, aber nun fühlte sie sich wirklich danach. Sie hatte das Gefühl etwas zu verlieren. Doch energisch verbot sie sich den Gedanken.

Es war sechs Uhr am nächsten Morgen, als sie mit ihrem Koffer und Taschen am Wagen stand. Der Mietwagen war vor Tagen bereits repariert worden, aber sie hatte ihn nie genutzt, da sie immer mit dem SUV gefahren war. Nun stand sie mit Paige auf dem kleinen Hof vor dem gigantischen Haus, was sie nicht noch mal vorhatte, zu besuchen. Egal, ob es ihr Familienerbe war.
Paige war ruhig, aber sie war eindeutig enttäuscht von ihr. Sie hatten nicht über den Grund ihrer Abreise geredet, aber Mia hatte das Gefühl, dass die alte Freundin ihrer Mutter bestens Bescheid wusste.

Energisch hievte sie die letzte Reisetasche in den Kofferraum. „Ich fahr jetzt."
Paige zog die Augenbrauen hoch. „Bist du sicher, dass du nichts essen willst?"
Mia schüttelte den Kopf, so dass ihr langes Haar um sie flog. Ihr Puls raste, denn sie war auf der Flucht. Wenn sie bei ihnen frühstücken würde, dann müsste sie nachher noch darüber reden. Und eigentlich wollte sie niemanden mehr sehen.
Und vor allem nicht Seth. Das würde sie nicht schaffen.
„Sag ihnen allen von mir auf Wiedersehen…" Das war der falsche Abschied. Es würde kein Wiedersehen geben. „Sag ihnen…"
„Ich sag ihnen, dass du gefahren bist", sagte Paige schlicht.
Der leichte Zorn entging ihr nicht. Eilig trat Mia dennoch zu ihr, umarmte sie kurz, aber Paige schien sich genauso unwohl zu fühlen wie sie. Eine gewisse Panik lag in den braunen Augen.
Mia wurde übel, aber dagegen gab es kein Mittel. „Ich werde niemals etwas verraten. Versprochen. Niemals."
Paige nickte nur. „Du bist ein gutes Mädchen, das hat schon deine Mama immer gesagt. Sehr ruhig, zu verschlossen und etwas zu vorsichtig, aber ein gutes Kind."
In der Zeit hier hatte sie ihre Trauer gut vergessen können. Jetzt brannten ihren Augen schon wieder, aber sie lächelte nur: „Vielen Dank für alles. Ich weiß, dass ich es nicht wiedergeben kann, was ihr mir gegeben habt. Ich brauchte Abstand zu meiner Welt." *Auch,*

wenn sie sich nun fühlte, als wäre sie wieder am Anfang. Oder als wäre es nur noch schlimmer.
Dann war sie im Wagen und fuhr weg.

Fünf Tage später saß sie in ihrem Wohnzimmer in Boston. Der Fernseher lief, aber sie wusste noch nicht einmal, was lief. Stattdessen knabberte sie an Chips rum und starrte auf das leere, große Aquarium hinter dem Fernseher.
Das Haus, was ihre Eltern kurz vor ihrer Geburt gekauft hatten, hatte sechs große, geräumige Zimmer und vier Bäder. Im Vergleich zu dem riesigen Anwesen in Maine war es ein Häuschen. Die Küche war ein Traum aus Edelstahl und rustikalem Holz. Eine Mischung, die ihre Mutter selbst zusammengestellt hatte. Christina hatte es geliebt, zu kochen. Mia selbst kochte auch gerne, aber für sich alleine, kochte sie selten und wenn dann nur Spaghetti.
Das Haus war gut isoliert und sie hörte von dem Stadtleben um sich herum nichts. Etwas, was sie immer gefreut hatte. Doch nun fühlte sie sich einsam und die Ruhe in den leeren Räumen erinnerte sie zu sehr an den Krach, wenn alle zusammen waren und durcheinander riefen.
Aber auch wenn sie alle vermisste, war es nur einer, der sie regelrecht verfolgte. Immer wieder sah Mia Szenen an sich vorbeiziehen. Seth wie er neben ihr stand und sie leicht an der Hand berührte, wo sein Daumen sanft Kreise zog. Sein Mund so nah an ihrem Ohr. Dann das Klopfen ihres Herzens und sie spürte die Hitze, als er ihr immer näher gekommen war. Nie hatte

sie einen Mann wie Seth getroffen. Die hellgrünen Augen hatten sie sofort in den Bann gezogen.
Aber vor allem war es seine ruhige, abwartende Art. Dadurch war er nicht passiv erschienen, sondern hatte ihr dadurch nur signalisiert, dass er es weder nötig hatte sich zu beeilen noch sie bedrängen wollte. Er hatte um ihre Ängste gewusst und ihr Zeit zur Gewöhnung gegeben.
Aber ihr menschlicher Verstand hatte es nicht begriffen!
Selbst jetzt. Sie konnte nicht fassen, dass die letzten zwei Wochen wirklich geschehen waren. Sie konnte nicht fassen, dass der Mann, der sie völlig verrückt machte, ein verdammtes nicht reales Wesen war!
Verflixt!
Wütend warf sie einen Chip durch die Wohnung. Verwundert blinzelte sie selbst über ihre impulsive Reaktion. Aber es war so ätzend…!
Seit Tagen dachte sie nur an Seth. Der Zorn über seine Worte war verflogen. Er hatte gar nicht so Unrecht gehabt. Ja, sie hätte mit ihm mehr getan, als nur geflirtet. Aber von einer Beziehung, davon war sie weitentfernt gewesen. Aber dämlicher Weise hatte sie kurz zuvor das gleiche von ihm an genommen. Mia war erzürnt gewesen, als er diese Wette vorgeschlagen hatte, die bedeutete, dass er zwar mit ihr flirtete, aber ihr nicht vertraute.
Letztendlich hatten sie beide das gleiche Problem gehabt!
Statt auf Chips biss sie nun auf ihrem Daumennagel rum. Sie mochten einander. Aber sie konnte ihre Angst

vor seinem monströsen Wesen nicht abschütteln, genauso wenig wie er sein Misstrauen ihrer Menschlichkeit gegenüber.

„Lady Hasenfuß", hörte sie sein Schnurren.
„Nenn mich nicht so!", grollte sie empört, aber musste Keuchen.
Das tiefe, männliche Lachen folgte an ihrem nackten Bauch, was dazu führte, dass ihre Haut kribbelte und ihre Bauchmuskeln sich anspannten. Sie lag in dem Bett in ihrem Gästezimmer. Die weiße Bettdecke war allerdings achtlos am Fußende geknüllt und stattdessen knabberte Seth an ihrem Bauch und seine Hände glitten über ihren Oberschenkel erst abwärts und dann sinnlich, träge wieder hinauf, während er weiter an ihr spielte.
Das schwarze Haar verdeckte sein markantes Gesicht. Dennoch glaubte sie, seine weißen Zähne leuchten zu sehen. Ein Schauer durchfuhr sie, als er etwas fester zu biss und sie nun intimer streichelte. Ihr Kopf fiel vor Lust in den Nacken, drückte ihren Kopf in die Kissen, während ihre Hände nach ihm griffen. Seine glatte, bloße Haut war glühend heiß und fest über den harten Muskeln. Fast drängend, wollte sie ihn zu sich ziehen, aber er neckte sie nur weiter. Sorgte dafür, dass sie sich vor Vorfreude aufbäumte: ihn endlich auf sich und in sich zu haben.
„Seth, bitte!", murmelte Mia.
„Gleich, Kleines", er leckte über ihren Nippel. „Wir haben es nicht eilig." Glühend grüne Augen sahen sie an

und sein Mund verzog sich zu einem wissenden Lächeln. Gerade als er sich zu ihrem Mund beugen wollte und sie sich ihm entgegen...

Stöhnend wachte sie vorm laufenden Fernseher auf. Alle Knochen taten ihr weh und sie sah, dass sie verschlafen hatte. Außerdem fiel Mia ihr Traum wieder ein. Ihr Gesicht war knall rot und eilig presste sie die Oberschenkel zusammen. Das leere, drängende Pochen verschwand aber nicht, stattdessen wurde es nur größer. Fast ärgerlich stand sie auf. Keine Gedanken mehr an Seth Wood!
Was war das überhaupt für ein Name??!

Kapitel 6

Ausnahmsweise arbeitete Mia als normale Bedienung im Café, was zu ihrem keinen Hotel dazugehörte. Das kam in den Wintermonaten öfters vor, da sich viele Angestellten eine Erkältung einfingen. So hatte es auch jetzt mehrere Ausfälle beim Personal gegeben und sie musste den PC stehen lassen und hinter den Tresen schlüpfen.
Aber Mia machte es nichts aus hier zu arbeiten. Alles war besser als der Papierkram, der sie nicht komplett fesselte, wodurch ihre Gedanken unliebsamer Weise immer wieder zu Seth wanderten. Auch wenn sie mittlerweile jemanden für die Verwaltung eingestellt hatte, blieb genug von den Papieren für sie übrig. Sie machte sich allerdings besser in direkten Dingen, wie Schichteinteilungen und den alltäglichen organisatorischen Fragen. Angefangen bei: Was tun, wenn alle Toiletten verstopft sind? Und geendet bei: Warum darf sich Juan am Wochenende freinehmen, aber Liz nicht? Gerade starrte sie ärgerlich auf den Kaffeevollautomaten, der mal wieder keinen richtigen Milchschaum herstellen wollte, als sich jemand setzte. Der Hocker vor ihr ächzte unter dem Gewicht des großen Kerls.
„Hallo, kann ich Ihnen was bringen?", fragte sie ohne richtig aufzusehen. Das war vielleicht ein bisschen unhöflich, aber in ihrem Kopf ging sie die Bestellungen von morgen durch. Und ergänzte auf der Einkaufsliste ein paar Milchaufschäumer, die man per Hand betätigen konnte. Außerdem hatte der Mann eine Aura, die sie nervös werden ließ.
„Was immer du willst, Baby", schnurrte er anzüglich.

Ihr Kopf fuhr augenblicklich hoch, kurz wollte sie dem Mann Bescheid gegeben, aber ihr Herz hatte ihn bereits erkannt. Denn es schlug beim Klang seiner Stimme so fest, dass sie dachte, es würde ihre Brust sprengen.
Es war Seth.
Seth, dessen Mundwinkel verräterisch zuckten, als er ihre Wut über die blöde Anmache hinnahm. Mia musste blinzeln. Aber er saß da wirklich vor ihr.
In Boston. In ihrem Café. Mit kurz geschnitten Haaren, rasiert und mit einem dunkelgrauen Hemd unter der schwarzen Anzugsjacke. Sie schluckte, weil er verdammt gut aussah und so anders, wie in ihren Erinnerungen. Das letzte Mal, dass sie ihn gesehen hatte, war er als Werwolf-Geschäftsmann verkleidet gewesen. Aber der echte Seth als Geschäftsmann sah umwerfend aus. Das dunkle Hemd ließ seine Augen noch heller strahlen und im Vergleich zu den anderen Männern hier, sah er aus, würde er gleich sein Hemd aufreißen und darunter Superman-Klamotten tragen. Ihre Mundwinkel zuckten nun selbst. Sie hätte nichts dagegen, wenn er mit ihr wegfliegen würde.
Aber die Fantasie erinnerte sie an die Realität. Denn in gewisser Weise hatte Seth übernatürliche Fähigkeiten. Und keiner der Männer, die anwesend waren, sollte sich mit ihm anlegen. Und das nicht, weil er gut einen Kopf größer als alle und fast doppelt so breit gebaut wie die meisten war. Sondern er konnte jedem von ihnen mit einem Schlag den Schädel einschlagen und töten. Mia wurde etwas schlecht.
„Was machst du hier?", brachte sie flach heraus.

„Ich habe etwas Geschäftliches zu erledigen", sagte er und sah kurz musternd durch den kleinen Raum. Es gab nur zehn runde Tische, die an der langen Fensterseite standen. Der Laden war wie ein Schlauch gebaut, verfügt aber über eine schöne große Küche und einen ausreichenden Lagerraum.
„Ich dachte, du arbeitest in der Autowerkstatt", sagte sie dümmlich.
Er nickte ohne Regung. „Das stimmt ja auch. Aber sie gehört Fergus und mir. Und wir haben den einen oder anderen gut zahlenden Kunden, seitdem wir auf Oldtimer spezialisiert sind."
Sie blinzelte überrascht. Aber das zeigte nur, wie wenig sie über ihn wusste.
Nämlich eigentlich nichts.
„Das freut mich, dass du mich dann besuchen kommst, obwohl du nicht viel Zeit hast. Aber es wäre nicht nötig gewesen", sie hörte selbst, wie abweisend das klang.
Seine außergewöhnlichen Augen wurden schmal und die schwarzen Augenbrauen senkten sich. Sie konnte sehen, dass er ärgerlich wurde.
Sie nahm das Tablett mit den Bestellungen, die sie bereits vorbereitet hatte, und ging zu ihren Kunden, um ihm zu entkommen. Egal, ob auf den Tassen Milchschaum schwamm oder nicht. Allerdings würde er vermutlich nicht verschwunden sein, wenn sie zurückkam.
Aber es gab ihr Zeit zu atmen.
Gott, er war hier...!
Und natürlich saß er immer noch am Tresen, als sie wieder auf ihn zuging. Seine Gegenwart schnürte ihr

fast die Kehle zu. Es war das eine, monatelang über einen Kerl zu fantasieren und von ihm zu träumen, aber etwas ganz anderes, ihn dann wirklich zu sehen. Vor allem, wenn der Kerl ein Varg war und die Schwingungen in dem ganzen Raum durcheinander brachte. Sie konnte sehen, wie zwei junge Frauen die Hälse reckten, um ihn besser sehen zu können. Aber sie konnte auch sehen, dass die Hälfte der Gäste eigentümlich nervös geworden war. Sie aßen nichts mehr, spielten an den Zuckerstreuern und kratzten sich. Alle sahen irgendwie auf ihre Finger.
Mia zog die Augenbrauen zusammen, ein Varg in einem menschlichen Geschäft bekam der Atmosphäre nicht. Sie trat mutig neben ihn.
Fehler.
Er überragte sie wie Turm. Seine gebräunten Hände lagen ruhig auf dem polierten Kirschholz des langen Tresens. Die Unterarme lagen auf der Kante abgestützt. Er hatte den Rücken leicht gebogen und die Schultern lässig gesenkt. Er wirkte, als würde er sich kleiner machen wollen. Mia begriff, dass er sich um seine Wirkung auf Menschen bestens bewusste war. Und das hier waren Stadtmenschen, die nicht an ihn gewöhnt waren.
„Seth, ich will nicht unhöflich sein. Aber es hat sich in den letzten Monaten nichts geändert." Außer, dass ihn vermisste und ständig an ihn dachte.
Ihr war schlecht. Ihr Magen fühlte sich so leer und flau an, als er sie wissend, aber auch etwas enttäuscht ansah. „Davon bin ich auch nicht ausgegangen. Aber ich bin hier, weil du mir nicht aus dem Kopf gegangen bist. Und ich glaube, dass es dir nicht anders geht."

Eins musste man ihm lassen, selbstbewusst und direkt war er.
Er sprach weiter, bevor sie etwas sagen konnte. „Lass uns später reden, Mia."
„Wieso? Es ist egal, ob ich dich mag. Das war auch schon an jenem Abend so. Ich habe es bewusst sofort abgebrochen, weil es unmöglich ist. Wieso mehr aufbauen, wenn es doch nicht geht?"
Das kostete sie einen eisernen Willen. Denn eigentlich war sie nur überwältigt, dass er sie hatte sehen wollen. Seine Kiefermuskeln zuckten verräterisch, aber dann lehnte er sich vertrauensvoll zu ihr. Nur wenig von ihr entfernt, hielt er inne. Erst hatte sie gedacht, er würde sie küssen. Enttäuscht sah sie ihn an und wollte sich wegdrehen, aber das gelbliche Glühen in seinen Augen ließ sie verharren. Er hatte sich kaum noch im Griff und sein vargisches Blut kochte.
„Ich weiß, dass es nicht leicht mit uns wäre, Mia."
Wie immer brachte seine Nähe sie völlig durcheinander. Aber sie gab sich Mühe unbeeindruckt von ihm zu sein und möglichst hart zu bleiben.
Allerdings waren ihre Knie zu weich.
„Und ich bin nicht hier, weil ich glaube, dass es unproblematisch ist." Die Knöchel seines Zeigefingers fuhren über ihre Wange, als würde er eine imaginäre Haarsträhne wegwischen.
„Seth, wenn du das doch weißt, dann mach..."
„Aber ich will dich", fuhr er ihr dazwischen.
Zischend entwich ihrer Lunge die Luft und sie fühlte sich, als hätte man ihr zwischen die Augen gehauen. Eindeutig zu direkt. Entgegen ihrer gesamten Logik.

„Und wenn du mal aufhören würdest, nur zu denken und vor allem Angst zu haben, dann würde uns das helfen, Lady Rabbit", er hatte seine Stimme gesenkt, so dass der tiefe Sopran über sie strich.

Sie liebte seine Stimme und das Kribbeln, was sie in ihrem Bauch auslöste. Sein Blick blieb auf ihren Lippen hängen, so dass sie nicht anders konnte, als drüber zu lecken. Augenblicklich senken sich seine Lider über seine nochmals gelb aufflammenden Augen.

„Beantworte mir eine Frage!", forderte sie leise. „Würdest du es mit mir als Mensch versuchen? Würdest du dich für mich verstellen?" Sie wusste, dass er das nicht konnte.

Seth richtete sich auf: „Für die nächsten zwei Tage würde ich das. Wir haben einen Deal!"

Sie blinzelte: „Was?"

So war das nicht gemeint gewesen! Sie meinte für immer.

„Geh mit mir aus. Du, ich und sonst nichts. Wir sind zwei Menschen, die sich kennenlernen." Er streckte ihr seine Hand hin. Wie angewurzelt starrte sie darauf.

Das war Schwachsinn! Es änderte nichts. Aber sie konnte nicht widerstehen.

„Ok, abgemacht." Seine Finger schlossen sich um ihre und fühlten sich so an, wie sie es in Erinnerung hatte. Stark, groß und heiß.

Zimmernummer 27.

Mia wusste nicht recht, ob sie es lustig fand oder nicht, dass er in ihrem eigenen Hotel wohnte, solange er in Boston war. Anklopfen konnte sie jedoch noch nicht,

während sie auf die glänzenden goldenen Zahlen an der Tür blickte.
Eigentlich waren sie erst in einer Stunde verabredet, aber… Sie hatte gefühlte dreißig Stunden vor ihrem Kleiderschrank gestanden und mit nur einem Ergebnis: Egal, was sie anziehen würde, neben ihm sah sie aus wie ein mickriges Frettchen neben einem bösen, sexy Wolf. *Das Wort sexy kommt mir zu oft in den Sinn*, dachte sie gereizt.
Frustriert zupfte sie an ihrem trägerlosen, schwarzen Oberteil, was sie unter dem schicken Kaschmirmantel trug. Es war am Anfang des Jahres noch kalt draußen, aber im Lokal würde es schon warm sein. Sie wollte ihn beeindrucken, aber irgendwie fühlte sie sich nun lächerlich overdressed in ihrem mörderischen High-Heels und den cremefarbenen Hosen. Ein Kleid hatte ihr zu sehr nach Date geschrien…
Es war trotzdem ein Date, schalt ihre logische, kühle Seite sie sogleich.
Jedenfalls war ihr noch etwas klar geworden, nachdem sie ohne seine Nähe etwas ruhiger geworden war. So wie auf der Halloweenparty würde sie auch heute ihren Deal vergessen. Sie konnten vielleicht zwei Tage so tun, als sei er ein Mensch, aber er war es nicht. Und wenn sie ihn nun traf und sie normal spielten, würde sie sich zu hundert Prozent verlieben. Und dafür war sie nicht vor ihm geflohen!
Hör auf, dich anzulügen Mia. Du BIST schon längst verknallt. Seit dem Morgen am Pool. Seit dem Einkaufzentrum. Seit der Halloweenparty. Mia war leicht schwindelig. So wenige Treffen und dennoch…

Sie war drei Monate lang nicht über ihn hinweggekommen und sie würde es auch nicht in den nächste drei. Oder in den drei danach.
Plan A: Weglaufen. *Eindeutig gescheitert*, gab sie zu.
Plan B: Konfrontation!
Denn nur die bittere Wahrheit würde sie heilen können! Wenn Lady Hasenfuß tiefste Angst vor dem Varg bekommen würde, war das der Beweis und gleichzeitig das Ende ihrer Schwärmerei. Da war sie sich sicher.
Sie klopfte.

Erst passierte nichts, dann wurde die Tür geräuschlos geöffnet. Sie sah an seinem Ausdruck, dass er gewusst hatte, dass sie bereits länger da gewesen war. Natürlich er hatte sie gerochen. Sie drängte ihn ins Zimmer hinein und schloss die Tür: „Ich weiß nicht, wieso ich das hier mache!"
Flüchtig sah sie sich um, aber sie kannte die Einrichtung des Zimmers bestens. Ihre Mutter und sie hatten es erst vor zwei Jahren renovieren lassen.
Eilig schüttelte sie den Kopf: „Obwohl - ich weiß es!"
Mia marschierte durch das Zimmer.
„Seit dem Tag, an dem ich bei euch angekommen bin, bist du es, der mich total verrückt macht. Anfangs, weil ich mich zu Tode gefürchtet habe. Und dann, weil du mich ignoriert hast und weil du mir nicht vertraut hast. Als wäre *ich* der Feind!"
Zum Ende hin war sie immer lauter geworden. Seth stand mit vor der Brust verschränkten Armen da und sah sie an, als würde er Angst haben, dass sie ihn gleich anfiel oder schlimmer, völlig den Verstand verlor. Sie war selbst überrascht, wo der Redeschwall herkam.

„Vertrauenswürdig? Ich hätte jeder Zeit Fotos machen und verschicken können. Oder... ich hätte alles Mögliche können! Aber ich habe es nicht getan! Ich dachte, das würde Beweis genug sein. Es hat mich verletzt, dass ausgerechnet du mir gedroht hast..." Sie brach ab, als sie an seine Worte auf der Party dachte. „Gott, ich gehe lieber wieder."
Sie wirbelte herum und wollte zur Tür, aber er hielt sie fest. Wütend und trotzig blickte sie zu ihm auf.
„Ich bin hier, weil ich dich sehen wollte", sagte Seth nur schlicht, aber umso eindringlicher.
Sie schwieg und blinzelte ein oder zwei Mal. „Was? Mehr sagst du nicht?"
Das war alles, was er nach diesem Ausbruch sagte, der sie selbst kalt erwischt hatte?
„Jetzt hör mir erst einmal zu." Er ließ sie nicht los. Ihre Schulter wurde gegen seine mächtige Brust gedrückt und seine große Hand lag um ihren Oberarm. „Es hat mich enttäuscht, dass du einfach so gegangen bist. Aber ich kann es dir auch nicht verübeln. Ich habe mich wie ein Arsch benommen. Und du warst verletzt darüber, dass ich dir nicht vertraut habe." Er grinste breit. Ein anzügliches und selbstgefälliges Grinsen. Verwirrt blinzelte sie.
„Was gibt es da zu lachen?"
„Dass du nicht in erster Linie gegangen bist, weil ich ein Varg bin. Sondern, dass du auch gegangen bist, weil ich dir nicht vertraut habe. Dass zeigt mir, wie sehr du eigentlich das hier alles willst."
„Lass das!", zischte sie und entwand sich ihm - nachdem er sie losließ. Wenn er wollte, würde sie sich ihm nie entziehen können. Eilig ging sie zum Fenster, um

so weit weg wie möglich von ihm zu sein. Sich sammelnd verschränkte Mia die Arme, um sie dann wieder sofort eilig zur Seite fallen zu lassen. Unruhig verschränkte sie sie wieder, als sie seinen Blick im Fenster auffing.

„Ich will nicht, dass wir so zu tun, als wärst du ein Mensch. Das hilft mir nicht weiter."

„In Ordnung. Mir ist das eh lieber."

Sie schwiegen einen kurzen Augenblick.

„Wenn ich allerdings ein Mensch wäre, dann wäre diese Diskussion überflüssig... Deswegen habe ich zugestimmt. Mir gefiel die Idee, mit dir einfach mal einen schönen Abend haben zu können."

Sie sah zu ihm, da seine Stimme verstörend kraftlos geklungen hatte. Ruhig schob er die Hände in die Taschen seiner Jeans. Das Geschäftsmannoutfit von vorhin war wieder verschwunden.

„Wir benehmen uns wie Teenager. Vollkommen unsicher. Ich weiß nicht, wie ich mich verhalten soll, wenn eine menschliche Frau weiß, was ich bin. Und du weißt nicht, ob ich wie ein menschlicher Mann bin, oder? Wie es mit mir wäre..."

Komischerweise sagte er das, was sich in ihrem Inneren abspielte.

Sie fasste sich ein Herz und sprach ehrlich ihre Bedenken aus. „Es kommt mir falsch vor, mich auf dich einzulassen."

Sie biss sich auf die Lippen. Aber es gab kein Zurück, wenn sie es jetzt nicht sagte, dann nie. „Weil ich mich zu dir hingezogen fühle, denke ich die ganze Zeit, dass ich vielleicht krank bin. Ich meine, du verwandelst dich in... ein Tier", sie stolperte über das Wort. „Wie kann man in jemanden verliebt sein, der ein Wolf ist? Und das bist du."

Sie sah, wie er mit stark gerunzelter Stirn auf den Boden sah und mit dem Schlüssel in seiner Hand spielte, den er aus der Tasche gezogen hatte. Als er sprach, klang er rau.

„Ein Wolf, ja? Mia, ich bin kein Tier... Ich lebe nach völlig anderen Regeln. Vergiss, was du aus dem Fernsehen kennst und deine Idee über Richtig und Falsch. Bei mir greifen diese Dinge nicht, denn ich bin weder Tier noch Mensch."

Das wusste sie schon... Damit bestätigte er nur ihre Befürchtung, sich zu einem Wesen hingezogen zu fühlen, das nicht wie sie war. *Eine Beziehung, die nicht so sein sollte.*

Er musste den Unmut nach seinen Worten in ihren Augen gesehen haben. Er fuhr sich mit der Hand fest über das Gesicht. „Aber wenn du es genau willst, dann bin ich dennoch wie du. Ich kann denken und fühlen. Ich spreche doch mit dir! Und selbst, wenn ich verwandelt bin, denke ich wie immer. Macht mich das nicht zum Menschen nach deinem Verständnis?"

Grüne Augen starrten in ihre. Suchend und abwartend.

„Kannst du nicht versuchen, mich als nur mich selbst zu sehen? Ich weiß, dass unser Leben nicht leicht ist. Aber es bleibt eine Sache bestehen." Er holte tief Luft. „Ich will dich. Aufrichtig. Wahrscheinlich mehr und ehrlicher als es ein menschlicher Mann könnte."

Sie schwieg. Ihre Beine wurden wackelig.

Genau, wie beim ersten Mal glaubte sie ihm das. Und es gefiel ihr so gut, dass sie nichts gegen die überschäumenden Gefühle tun konnte.
„Sag mir alles", bat sie.
„Wie meinst du das?", fragte er verwundert.
„Ich will alles wissen. Über Vargs – über dich", sie biss sich auf die Lippen. „Wenn mir deine Art nicht mehr fremd ist, vielleicht vergeht dann die Unsicherheit."
Er grinste knittrig. „Das dauert."
Sie stand am Fenster und er hinter dem Bett, was in der Mitte des Raumes stand. Es lag viel Platz zwischen ihnen. „Wir haben zwei Abende. Heute reden wir", bestimmte sie.

Eine Sekunde lang sah sie die Enttäuschung und das Abwägen auf seinem Gesicht, dann nickte er sich ergebend. Als er sprach, tat er es mit gedämpfter Stimme. Offenbar fiel ihm das schwer. Umso mehr bedeutete es ihr, dass er es für sie dennoch tat.
„Wenn wir auf die Welt kommen, sind wir völlig... normal. Vollkommen identisch mit den menschlichen Babys. Wir sind wie menschlich Kindern, außer einigen Details. Wir werden nie krank. Auch sind wir geringfügig stärker... Doch das ist alles.
Aber dann in der Pubertät – meist in der Mitte der menschlichen - setzt die zweite, vargische ein, die uns verändert. Langsam verwandeln wir uns in das, was wir eigentlich sind. Es dauert drei bis fünf Monate. Bei mir war es fast ganzes Jahr. Es ist schmerzhaft. Zu Beginn hat man Gliederschmerzen und einem ist übel, da sich die Sinne so extrem verändern. Man sieht im Dunkeln, man riecht besser... viel besser als ein Wolf. Man

hört wirklich alles. Man spürt Vibrationen mehr. Und die Emotionen verändern sich. Man wird aggressiver, die Gefühle schlagen schneller um und Triebe sind schwerer zu bündeln. Es entsteht ein Drang aus dem Haus zu kommen, der überstark wird. Man will jagen. Und man muss mehr essen..." Er warf ihr einen amüsierten Blick zu. „Aber das weißt du, da du mit Cam und den anderen am Tisch gesessen hast."
Bei den Gedanken an Cam musste sie lächeln. Er lächelte zurück. Wie bemüht er war, dass er sie nicht erschreckte oder vergraulte...
„Erst gegen Ende kommt es zur ersten Verwandlung, die einige Stunden bis zu einem Tag dauern kann", fuhr er fort. Während er sprach, sah er die Wand zu seiner Linken an. Der Teil schien ihm nicht zu gefallen. „Bei der ersten Verwandlung am erste Vollmond oder Neumond ist es, als würdest du sterben. Dein menschlicher Körper ist dann immer dahin. Selbst wenn du aussiehst wie ein Mensch, bist du es nicht mehr."
„Was genau ist der Unterschied? Seid ihr uns nur überlegen in der Stärke...?", fragt sie vorsichtig.
Seth zuckte mit den Schultern. „Was heißt nur. Es verändert so viel mehr, als man denkt. Die Sinne sind nie mehr still – oder eben menschlich. Das entfremdet uns von euch. Man vergisst so schnell, wie es als Mensch war. Dauernd fragt man sich: Hören die Menschen das jetzt auch? Wäre es verdächtig, wenn ich ihr Gespräch von hier mithören kann und etwas dazu sage? Darf ich das riechen oder eher nicht? Verhalte ich mich normal? Warum sehen sie mich jetzt an? Unser Leben findet zwischen euch statt, aber wir können nie mit euch

leben. Nicht als wir selbst. Und es gibt so verflucht viele von euch."

Seine eigenen Ängste und Probleme berührten sie tief. Auch wenn Mia gewusst hatte, dass sie sich von den Menschen fernhielten, war ihr nicht klar gewesen, wieso genau. Sie hatte angenommen, dass sie nur die Verwandlung fürchteten. Aber sie ängstigte auch, in ihrer Menschengestalt erkannt zu werden oder anders zu sein.

„Wie viel stärker seid ihr?", fragte sie nach. Versuchte nicht vom Thema abzukommen.

„Eure Wissenschaft greift bei uns nicht", setzte er zu Erklärung an. Hilflos machte er eine Geste. „Es ist nicht logisch, was wir sind und was wir können. Ein Mann meiner Statur kann niemals das, was ich kann." Sie musste an den Kampf mit den anderen Varg denken.

Seine Augen suchten ihre. Mia wusste, dass er sie beruhigen wollte, aber er brauchte auch Bestärkung. Sie kam etwas auf ihn zu. Vielleicht konnte sie sich kein Leben mit einem Varg vorstellen, aber Angst hatte sie nicht mehr vor ihm. Seine Nähe ließ sie nicht mehr erstarren.

Zaghaft nahm sie seine Hand. „Erzähl mir von deiner Zeit nach der Wandlung."

Seine Finger schlossen sich um ihre Hand. Sein Daumen fuhr über ihre Fingerknöchel. Eine seltsam erotische und tröstende Berührung.

„Es ist schwer für einen jungen Varg am Anfang nicht alles kaputt zu machen, denn diese Kraft kommt plötzlich mit der ersten richtigen Verwandlung bei der Mondnacht. Es ist frustrierend. Du hast Durst, greifst nach einem Glas und schon hast du es zerdrückt. Ich

habe fast vor Wut geheult, weil ich es einfach nicht schaffte. Nachher habe ich auf Gläser und Flaschen verzichtet. Wasserhähne sind auch gut, wenn man die Griff nicht abreißt."
Er lächelte wehmütig: „Meine Mutter wollte mich umbringen..."
„Das kann ich mir bestens vorstellen."
„Aber man lernt es doch ganz schnell. Und man genießt es. Die Wandlung ist... berauschend!" Seine Finger glitten über ihre. „Wenn nichts mehr für dich ein Hindernis ist. Das glaubt man als junger Varg."
Er lächelte über seine Dummheit, wie ihr schien.
„Bitte, verstehe es nicht falsch, aber es macht einen gerade zu high. Deswegen verwandeln wir uns gerne. Ist ein gutes, befreiendes Gefühl. Stell dir vor, du... - Mir fällt nichts ein! – Stell dir vor, du lässt dir einen Tag lang eine Hand auf den Rücken binden. Du würdest klar kommen, so wie Menschen, denen auch eine Hand fehlt. Es ist aber eine Behinderung, die unnötig ist, da du ja die funktionierende Hand hast. Und wenn du kannst, benutzt du Hand lieber, oder? So ist das Gefühl, wenn wir lange in menschlicher Form sind. Es ist irgendwie unnötig begrenzend."
Als er ihren Gesichtsausdruck sah, fügte er eilig hinzu: „Aber immer als Varg ist es auch nicht besser. Es ist..."
Jetzt schien er verlegen, was sie fast zum Lächeln brachte. Aber sie war zu sehr damit beschäftigt, zu verstehen.
„Wie ist es?", drängte sie ihn weiter.
„Man hat sein ganzes Leben als Mensch bis dahin verbracht. Mehr oder weniger unter Menschen. Und man weiß, dass Wölfe Tiere sind. Und dann stehst du vorm

Spiegel und siehst wie ein Tier aus. Es ist erschreckend. Zayn kommt damit überhaupt nicht klar."
Seine hellen Augen fanden ihre, als sie wegen seinem Schweigen aufsah. „Ich kann deine Ablehnung verstehen. Wir sind Monster, denn sonst gibt es keine Beschreibung für Wesen wie uns. Aber ein Tier bin ich nicht."
Ihr taten ihre Worte von vorhin leid. Aber es änderte nichts daran, was sie fühlte, wenn sie an seine andere Gestalt dachte.
„Ich dachte, dass ihr in beiden Gestalten nicht mehr menschlich seid. Aber wieso dann verwandeln? Ich habe gesehen, wie du gegen den anderen Varg gekämpft hast. Könntest du das in deiner menschlichen Form nicht?"
Seth legte den Kopf schief und erschien dadurch wie ein echter Wolf im Schafspelz. Er überlegte, was er ihr sagen sollte.
„Nein. Es ist, wie ich sagte. Unser Äußeres ändert nicht unsere Fähigkeiten. Wir sind immer stärker als Menschen. Diesen Varg hätte ich auch so erledigen können. Aber etwas in uns drängt uns, sich zu verwandeln, wenn wir kämpfen. Es ist ein natürlicher Schutz. Fell als perfekte Abwehr, Krallen und Reißzähne als Waffen. Außerdem heilen wir in dieser Gestalt schneller, als wie es als Menschen tuen."
Sie schob ihre Hände in die Manteltaschen.

Nach den vielen Worten fiel ihr nichts ein, was sie noch fragen könnte. Auch ihm kam wohl nichts mehr in den Sinn, was er noch erklären musste.

Sie sah, wie er sich über den Nacken rieb. Seine Augen glommen in dem düsteren Licht des Zimmers auf. Mia war bis jetzt gar nicht aufgefallen, dass es mittlerweile fast stockdunkel war. Nur wenige Lichter von draußen fielen ins Zimmer, aber er hatte kein Licht eingeschaltet. Wie lange hatten sie geredet?
Ihr Kopf schwirrte von dem neuen Wissen.
„Danke, dass du mit mir redest. Ich weiß, dass es dir nicht leicht fällt", sagte sie möglichst ruhig. Mia fühlte sich geerdeter, aber irgendwie war ihr Herz nun noch schwerer.
„Hat es geholfen?", er klang nun wieder neckisch.
Lächelnd sah sie auf: „Mein Wissensdurst ist befriedigter als zuvor. Aber ich begreife dennoch nicht alles... Könntest du wirklich nicht als Menschen leben? Wenn du wolltest?"
Schwerfällig zog er die schweren Schultern hoch. „Ein Wesen, was zwei Gestalten und Naturen hat, wird immer hin- und hergerissen sein. Ich brauche beides."
Das machte auch für sie Sinn.
Ihre Blicke trafen sich. „Mia? Ich vertraue dir, deswegen habe ich dir all diese Details erzählt. Ich habe einen Fehler gemacht, als ich dich versuchte einzuschüchtern. Aber du hast mich auch verletzt, als du mich deswegen ablehntest."
Ihre Kehle wurde trocken, weil sie wusste, dass er gegen alle Regeln verstieß und ihre Existenz für sie gefährdete. „Danke, Seth."

Kapitel 7

Abwartend sah er sie an. „Dir ist klar, dass du auch mit mir reden musst? Es läuft nicht so, dass immer nur ich rede."
„Ach, komm schon! Beim letzten Mal habe ich dir von meinem rotierenden System zu Schichtbesetzung und von meiner Masche beim Blumeneinkauf erzählt."
„Ja, stimmt. Über dein Geschäft weiß ich einiges. Aber was ist mit dir?" Er trat wieder näher auf sie zu. „Machen wir es leicht. Beantworte mir eine Frage: Isst du lieber Burger oder Pasta?"
Da er nun vor ihr stand, musste sie wieder den Kopf in den Nacken legen. „Scheint mir nicht so wichtig, wie die erste Verwandlung in ein anderes Wesen."
„Kann sein. Passiert aber öfters, als die zweite Pubertät bei Vargs. Also ebenfalls für ein Leben sehr wichtig."
Verblüfft blinzelte sie. Da hatte er nicht Unrecht. Essen mussten sie beide jeden Tag, egal, was sie waren.
„Vielleicht eher Pizza?"
„Gut, dann geh mit mir jetzt Pizza essen. Ich habe sowieso keinen Tisch bestellt, denn es wäre eh ausgebucht gewesen."
„Und was wolltest du dann tun?"
„Ich wollte zwar Mensch spielen, aber in dem Fall hätte ich dich abgelenkt und einen Tisch beim Italiener durch meine Superkräfte erbeutet", seine Grübchen erschien beim Grinsen.
„Du hättest geschummelt?", fragte sie ungläubig.
„Um dich zu beeindrucken? Jederzeit!"

Es war ein kleines italienisches Lokal, das aber randvoll war. Anscheinend war es angesagt, obwohl es ihr in all den Jahren nicht aufgefallen war. Und der Platzanweiser wollte sie auch tatsächlich abweisen, bis Seth sich vorlehnte und etwas… sagte? Sie beobachtete die Szene, während sein breiter Rücken ihr fast die Sicht nahm. Aber sie konnte sehen, wie das Gesicht des alten Italieners zusehendes gräulicher wurde.

Was auch immer er tat, Seth war überzeugend dabei und ihr fiel wieder ein, dass die Menschen in seiner Heimat dachten, er wäre ein Krimineller. Das musste der Mann wohl auch denken. Jedenfalls brachte er sie zu ihrem Tisch. Er war klein und nicht der beste, wofür sich der verängstigte Anweiser bei Mia entschuldigte und versuchte Seth auszuweichen. Am Ende saßen sie sich nah an Küche und im Dunklen an einem runden Tisch gegenüber, aber so waren sie etwas für sich.

Als er die Karte studierte, musste sie hinter ihrer eigenen anfangen zu kichern. Der Vorfall war witzig. Seine Augen funkelten über der Karte zu ihr und sie biss sich auf die Unterlippe um nicht zu prusten. Er hatte eindeutig nützliche Talente.

Später bestellt er ihnen Rotwein und sich ein Steak, während sie wie versprochen Pizza nahm. Als der Kellner ging, sah er sie mit hochgezogenen Augenbrauen interessiert an.

„Gib es zu! Du warst kurz davor für mich zu bestellen, oder?"

Sie klimperte mit den Wimpern. „Was? Warum?"

Er lachte: „Keine Angst. Ich weiß, dass es sich nicht gehört acht Pfund blutige Steaks zu bestellen." Sein Lächeln ließ ihr Inneres schmelzen.

„Okay, ich gebe zu, dass du dich an die Regeln hältst, auch wenn wir sie vergessen wollten."
Entspannt lehnte er sich zurück und sie saugte seinen legeren Anblick in sich auf.
„Ich glaube, es gefällt mir, wenn wir heute die ernsten Themen vergessen. Erzähl mir lieber von deinen neuen Ideen für Minitörtchen."
Jetzt war sie verblüffte. „Woher weißt du…?" Sie stoppte. „Bekka? Du hast mit ihr über mich geredet?" Sie hatte das ihrer neuen Freundin irgendwann mal erzählt.
„War nicht nötig. Sie redete drei Monate lang über dich. Ich glaub, sie wollte, dass ich dir nachlaufe. " Er winkte ab. „Dennoch solltest du vergessen Kirsche mit Möhre zu mischen. Das ist krank für eine Nachspeise."
„Findest du? Ich werde dir welche vorsetzen und du wirst hingerissen sein!", versprach sie begeistert und beschloss, dass sie einen normalen Abend – soweit das mit einem Mann seines Kalibers ging – zu haben. Freudig hüpften Hasenpfoten in ihrem Magen auf und ab. Und ihre Wangen wurden rot, als sie begann an ihrem Wein zu nippen und sich zu entspannen.
Der Abend lief toll und man schenkte ihnen ständig Wein nach, so dass sie zusehends mehr redete und lachte. Seth schien es ähnlich zu gehen. Irgendwann nahm er ihre Hand und durch den ganzen Alkohol sagte sie sich, dass sämtliche Ängste Schrott gewesen sind! Das hier war tausendmal besser!

Sie verließen später gut gelaunt und sehr angetrunken das Lokal.

„Komm ich fahre dich nach Hause", sagte er. Sie hatten den Luxus genossen mit ihrem kleinen Mercedes zu fahren, auch wenn ein Taxi eindeutig praktischer bei dem Verkehr gewesen wäre. Aber sie hatte mit ihm alleine sein wollen und er wohl auch mit ihr.
Sie lachte, während sie mit ihre hohen Schuhe herumstolperte: „Du kannst nicht mehr fahren. Du hast genau wie ich zu viel getrunken."
Er kam näher und nahm sie an den Arm, damit sie nicht umknickte. „Und wenn ich drei Flaschen Whiskey trinke, ich werde nicht betrunken."
Sie warf ihm einen kritischen Blick zu. Es stimmt. Er grinste schief, aber seine Augen waren hier draußen unter dem Nachthimmel sehr klar.
„Oh! Na toll, ich blamiere mich alleine!", nuschelte sie. Sie hatte so viel Mist über ihre Vorlieben für Plüschpantoffel, Goldfische, Erdnussbutter erzählt... Sie wurde verlegen, als ihr mit ihrem benebelten Gehirn auffiel, dass er nicht geredet hatte. Also außer ein Lachen und einige Nachfragen.
„Du bist ein Mistkerl. Wieso hast du mich abgefüllt? Damit ich von meinem geheimen Wunsch erzähle, Rollenspiele zu spielen?"
„Sekretärin und Chef gefiel mir gut."
Sie glühte fast vor Scham. Wann hatte sie das gesagt? Er zog sie an sich, während sie zum Wagen gingen. „Oder wie war das noch...?", er sah sie abwartet an. Er war ihr so nah, dass sie ihn riechen konnte. Sein Mund schwebte kurz vor ihren Augen.
„Ärztin und Patient?", half sie ihm aus. Seine Augen funkelten. Ihr kam der Verdachte, dass sie sich hier um Grund und Boden plauderte.

„Ich hab gar nichts gesagt!", beschwerte sie sich, als er sie neben dem Auto abstellte. Wankend sah sie zu ihm auf. „Nie im Leben! Ich bin ein gutes Mädchen."
„Sicher? Und woher sollte ich dann wissen, dass du diese Fantasie hast, mich ans Bett zu binden und genau zu untersuchen, Frau Doktor?"
Das Bild lenkte sie ab. Hitze stieg in ihr auf.
„Erwischt", knurrte er selbstgefällig in ihr Ohr, als er geschickt die Autoschlüssel aus ihrer Manteltasche fischte.
Ihre Augen weiteten sich, aber er half ihr immer noch grinsend ins Auto. „Das würde..."
Bum, er schlug die Tür zu.
Ihr Inneres zog sich zusammen, als er mit langen Schritten ums Auto ging und sie nicht aus den Augen ließ. *Hatte sie doch? Sie hatte verdammt viele Träume von Seth Wood gehabt.*

Vor ihrem Haus hielt er an, was er dann genau musterte. Kurz sah sie selbst zu dem weißen, klassischen Haus mit großen Fenstern. „Da wohnt sie also", sagte er mehr zu sich als zu ihr.
„Zu klein für den Waldbewohner?", stichelt sie.
Er warf ihr einen hitzigen Blick zu, der ihr durch Mark und Bein ging. „Genau richtig. Was muss ich tun, damit du mich mit rein nimmst und nicht wieder wegschickst?"
Gott, er musste einfach nur sie ansehen. Als könnte sie nein sagen!
Das Licht im Wagen ging automatisch aus und seine Augen glühten gelb auf. Sie presste sich mehr an den

Sitz. Ihr reales, verängstigtes Ich meldete sich durch den Alkohol.
Er griff an den Schalter ans Dach und knipste das Licht wieder an.
„Vergiss es. Aber danke für den schönen Abend. Es hat mir Spaß gemacht." Seine Finger fuhren durch das ungewohnt kurz geschnittene Haar. Sie mochte es bei ihm länger.
Und sie wollte nicht, dass er ging.
Mia dämmerte, dass sie nun an der Reihe war. Immerhin war er IHR nachgereist und er hatte IHR alles erzählt. Nun war sie dran und musste auch in Angesicht von leuchtenden Augen cool bleiben, egal, was ihr Instinkt sagte. Sie erinnerte nicht nur sich immer wieder daran, was er war, sondern auch ihn daran, dass sie nicht akzeptierte, *was* er war.
Er hatte die Hände schon ans Lenkrad gelegt. „Seth?"
Als er sich nicht rührte, rutschte sie näher und nahm seine rechte Hand vom Steuer.
„Komm mit rein…", ihr wurde heiß. Seine Augen flogen über sie und sie konnte schwören, dass er die Luft tief einatmete, bevor er sich zu ihr rüber lehnte und sie küsste.
Sie riss die Augen auf, aber konnte es nur geschehen lassen. Der Kuss war nicht zögernd oder fragend. Er war direkt, ehrlich und absolut einfordernd. Ihre Welt drehte sich schneller. Seine Zähne bissen leicht in ihre Unterlippe. Er saugte sanft an ihr und dann schob sich seine Zunge fordernd in ihren Mund. Sie keuchte auf.
Er zog sich zurück, aber nur, um sein Gesicht in ihr Haar zu drücken und seine Finger sanft um ihren Hals zu legen. „Glaubst du, dass ich dir je wehtun würde?"

Er knabberte leicht an der empfindsamen Stelle unter ihrem Ohr. Ein Schauer überlief sie. Bestimmt zog er sie näher, der Biss wurde zu einem Kuss. Dann löste er sich und sah sie an. Er schaltete das Licht aus. Es war hell genug seine Gesichtszüge zu sehen, aber dunkel genug, damit seine Augen leuchteten.

„Macht dir die Augen Angst?"

Zu ihrer eigenen Verwunderung legte sie ihre Arme um seine Hals, bevor sie denken konnte, und küsste ihn lange und tief. Ihre Lippen pressten sich auf seinen Mund und sie leckte dann bittend über seine Lippen, damit er sie öffnete. Was er auch tat. Sie küsste ihn schnell mit allem, was sie hatte.

„Komm jetzt mit rein!", sagte sie an seinem Mund.

Sie konnte sehen, wie er mit sich rang. Zwar verstand sie nicht, was ihn aufzuhalten schien, aber dann sprang er aus dem Auto. Wenn sie sich sicher war, dann doch er bitte nun auch. Die Tür knallte zu und für wenige Sekunden war sie allein, bis er die Beifahrertür öffnete und er sie fast heraushob.

Sie prallte gegen ihn, ihre Münder waren wiederzusammen. Es war als wären sämtliche Dämme gebrochen und sie hatten beide keinen Funken Verstand mehr in sich. Küssend schafften sie es bis zur Tür und schoben sich erstickt lachend ins dunkle Innere.

Sie fanden noch nicht einmal das Bett. Sie taumelten bis zum Sofa, wo er zwischen ihren Beinen kniend ihre Hose öffnete – sie bemerkte nur am Rande, dass er sie zerriss. Ihr Top verschwand auf die gleiche Weise, so dass sie nur in BH und Höschen vor ihm lag. Seine Augen wanderten begierig über sie. Seine Finger glitten fast hart über ihre Oberschenkel und ihre Hüften zu ihrem Bauch.

Mia leckte sich die Lippen. Das wollte sie auch. Wollte ihn sehen. Entschlossen griff sie nach seinem Hemd, zerrte ungeduldig daran. Beinah erschrak sie, als seine Haut dann auf ihre traf, nachdem er sich selbst den Stoff vom Leib gerissen hatte. Sich zu ihr runter beugend küsste er spielerisch und zärtlich ihren Hals. Er glühte grade zu, doch das hatte sie erwartet. In ihren Träumen war es nicht anders gewesen.

Bewundernd glitten ihre Hände über seine Haut. Strichen über seinen Rücken. Keine Stelle an seinem Körper war weich oder irgendwie nicht perfekt ausgebildet.

Seine Zunge fuhr über ihr Schlüsselbein, was sie zum Erschaudern brachte. Aber sie begriff, dass er ihr gerade Zeit ließ, damit sie ihn erforschen konnte. Seine Zähne knabberten neckisch an ihr. Fanden ihre empfindlichen Stellen. Aber die Neugier siegte und Mia ertastete im Dunklen seinen Bauch. Hart wie ein Stück Ebenholz war die Muskulatur mehr als eindrucksvoll. Sie berührte seine Brust und grub testend ihre Nägel in ihn. Das brachte ihn scheinbar aus der großzügigen Stimmung und er knurrte auf. Sein Mund fand ihren und dann hob er sie auf seinen Schoss.

Nun war er unten und zog ihren Kopf zu sich herab, um sie küssen zu können. Er drang in dieser Position sie ein, ohne zu warten oder sie vorher berührt zu haben. Überwältigt und völlig bejahend schrie sie auf.

Das Gefühl war schwindelerregend. Gelbe leuchtende Augen betrachteten sie. Ohne sie zum Atem kommen lassen, bewegte er sich in ihr. Und das reichte aus. In

ihr explodierte es und ihr Geist flog jubelt höher. Hitze rollte über sie. Schwer atmend presste sie die Beine zusammen, fest um seine schmalen, weiter zustoßenden Lenden.
Als sie wieder zu sich kam, sah sie gerade noch, wie er den Kopf nachhinten legte und den Mund öffnete. Er stöhnte tonlos. Sie erstarrte, als sie sah, dass seine Eckzähne zu Fangzähnen geworden waren. Sein Blick heftete sich auf sie und seine Miene veränderte sich in ein provozierendes Grinsen. Er stieß zu und zog sie zu sich runter. Er hielt sie so, dass sie in sein Gesicht sehen musste. Langsam leckte er sich mit der Zungenspitze über den linken, langen Fangzahn. Die hellen Augen fixierten sie. Es war ein Test, begriff sie.
Mit einem Ruck ließ sie sich auf ihn fallen und hielt seinen Kopf fest. Der Kuss war wilder als zuvor. Und sie fuhr ihm, bevor sie sich von ihm löste, spielerisch langsam ebenfalls mit der Zunge über einen der Fangzähne. Seine Augen öffneten sich nun überrascht. Wenig später riss er sie abermals herum und sorgte dafür, dass sie bald gar nicht mehr denken konnte.

Schweigend lagen sie nebeneinander verschlungen auf dem Sofa im Dunkeln. Ihr Blut rauschte viel zu schnell durch ihren Körper, alles brannte und glühte. Sie hatte ihren Kopf auf seiner Schulter gebettet und sah nun gegen seinen Hals. Irgendwann lachte er lautlos und sie setzte sich etwas auf, um ihn ins Gesicht sehen zu können.
„Warum hast du das gemacht?", fragte er mit rauer Stimme, wie sie freudig wahrnahm. Auch seine Schreie hatte sie genossen.

Sie blinzelte. „Was denn?"
„Du hast mir über die Fangzähne geleckt, wieso?"
„Weil du mich dazu aufgefordert hast!"
Er lachte. „Habe ich nicht. Ich wollte nur, dass du vorsichtiger bist. Ich habe dich nicht davor gewarnt. Du hättest dir wehtun können."
„Der Blick war eindeutig provozierend!", sagte sie etwas wütend. Er zog sie brummend an sich. „Ist doch egal."
Zu ihrer Erschütterung schlief er ein, wie von einem Baum erschlagen. Dabei hielt er sie aber so fest, dass sich keinen Millimeter von ihm wegkonnte. Sein Arm drückte sie nieder und hielt sie sicher an Ort und Stelle. Nach einigen Versuchen, ihn von sich wegzuschieben, blieb sie grinsend liegen. Müdigkeit überrollte Mia, der sie nur zu gerne nachgab. Völlig erschöpft und befriedigt fiel sie in tiefen Schlaf. Ohne an ihn zu denken und sich nach ihm zu verzehren, denn er war bei ihr.

Es war halb acht morgens, als sie wach wurde. Sie lagen beide unverändert und splitternackt auf dem Sofa und die Sonne schien für Januar erstaunlich stark rein. Zum Glück war das Fenster zum Garten hinaus, es fehlte ihr noch, dass die Nachbaren oder der Postbote sie sahen. Mit Muskelkater setzte Mia sich langsam auf, wobei sein Arm von ihr abfiel und er ein leises, unzufriedenes Grollen von sich gab. Amüsiert betrachtete sein schlafendes Gesicht und seinen Körper. Unfassbar, wie gut er aussah.
Und unfassbar, dass er neben ihr lag...

Sie griff nach seinem Bauch und fuhr tastend über dieses Prachtexemplar. Etwas wie eine Tal- und Bergfahrt. Er öffnete die Augen leicht und sah sie aus Schlitzen abschätzend an.
„Du bist wunderschön!", gestand sie ihm errötend. Worauf sich nur eine schwarze Augenbrauen ungläubig hob, aber dann wandelte sich sein Blick, als seine Augen über ihre Brüste glitten: „Ich sehe wirkliches Schöneres."
Und ehe sie sich versah, lang sie unter ihm. Erstaunt sah sie zu ihm auf. Er grinste sie mit seinem Raubtiergebiss an. Sie versuchte ihn von sich zu schieben.
„Seth! Warte! Du bist seit drei Sekunden wach!"
„Umso besser!" Er beugte sich herab und leckte an ihrer Brustspitze, bevor er seine Zähne einsetzte. Es war eigenartig, es sollte wehtun, aber das Gefühl war unglaublich sanft.
Ein Seufzen entfuhr ihr.
„Still", flüsterte er und biss etwas fester zu. Ein wohliger Schauer überfiel sie. Nein, er würde ihr nie wehtun. Selbst in der größten Gier hatte er ihr nur Lust und Freude bereitet.

Mit auf dem Boden klatschenden nackten Füßen lief sie eilig nach oben ins Bad und duschte. Als sie aus der Duschkabine trat, hörte sie ihn unten in der Küche werken und trotzdem wäre Mia beinah gestolpert, als sie beim Betreten der Küche den kleinen Tisch sah.
Er hatte Rührei gemacht und Obstsalat geschnitten – in solchen Massen, dass sie ihn scharf ansah, als er ihr Kaffee in die Hand drückte und sie über seine eigene Tasse hinweg musterte. „Danke, fürs Frühstück, aber…

das ist praktisch mein ganzer Kühlschrank!", gab sie ungläubig von sich.
Er sah sie etwas beschämt an: „Ich habe seit gestern Mittag nichts mehr in den Magen bekommen und die Nacht war anstrengend. Für uns beide!" Das Funkeln übersah sie eilig, bevor sie ihn wieder küssen würde, und setzte sich.
„Wir waren gestern Abend zusammen essen!", argumentierte sie.
Er prustete. „Jetzt tu doch nicht so! Du weißt genau, dass das für mich nur wie ein paar Cracker war!"
Nachdenklich pikste sie ein Stück Melone auf. „Es war klar, dass du nicht wirklich nur als Angestellter in der Werkstatt arbeiten konntest. Selbst wenn ihr die Miete für das Haus erlassen bekommt, habt ihr Ausgaben, von denen mir schlecht wird. Ihr esst so viel wie eine 20-köpfige Familie in einem Monat innerhalb einer Woche. Wie läuft dein Geschäft wirklich?"
„Fergus und ich haben die Werkstatt vor zehn Jahren übernommen. Am Anfang haben wir wirklich nur die Autos vor Ort repariert. Aber das lief nicht so gut. Die Menschen wollten ihre Wagen nicht von uns reparieren lassen, weswegen wir anfingen, andere Möglichkeiten zu finden. Unser erster Kunde war aus dem Nachbarort. Ein reicher Autonarr, der seinen geliebten Porsche lieber in schwarz wollte. Plus einigen Extras. Wir machten unsere Sache gut und bekamen ähnliche Aufträge von seinen Freunden. Bald darauf kam der erste Auftrag, einen Oldtimer zusammenzubauen. Und das wurde unsere Spezialität."
„Wirklich? Und wieso weiß das niemand?"

„Wozu? Wir würden unserem Ruf schaden. Wir sind doch die ungehobelten, bösen Woods. Außerdem könnte dann jemand auf die Idee kommen, uns zu besuchen oder ähnliches. Es ist besser so." Das Rührei war verschwunden.
„Ich habe kaum einen Bissen abbekommen!"
Er sah sich suchend auf dem Tisch um. „Tut mir leid!", sagt er dann etwas kleinlaut.
Sie funkelte ihn böse an. „Komm wir gehen draußen etwas essen."
Aber sie kam nicht weit, er zog sie an sich. „Ich muss heute Abend wieder fahren."
Sie sah verletzt zu ihm auf.
„Wieso? Du sagtest zwei Abende!", entfuhr es ihr.
Er zog die Augenbrauen hoch. „Meine Planung ist etwas schlecht. Naja, ich hatte auch nicht damit gerechnet, dass es sich so entwickeln würde, obwohl ich es gehofft habe."
„Seth? Warum?"
Er strich ihr das Haar aus dem Gesicht. „Ich muss nach Hause, Mia. Heute Nacht ist die Nacht vor dem Vollmond. Und mit dir zusammen ist es schwer, emotional locker zu bleiben."
Ich glaube kaum, dass ich meinen Jagdtrieb unter Kontrolle halten kann, wenn ich weiß, dass du keine fünf Meilen von mir weg bist, ich aber in einer Box gefangen bin. Dieses kleine Hotelzimmer ist mir jetzt schon zu eng. Doch je näher der Vollmond rückt, desto mehr wird es sich so anfühlen, als würde ich in einem Käfig oder einer verdammten Transportbox hocken. Die ganzen Gerüche, Geräusche und Stimmen werden zu mir dringen, während ich festsitze. Ich werde nicht

wegkönnen, ohne eine Massenhysterie heraufzubeschwören. Und mein Instinkt wird mich rauslocken, sobald meine Sinne von all den Eindrücken überspült werden. Hier ist zu viel Leben um mich herum. Ganz abgesehen davon, dass es mich zu dir ziehen würde..."
Den letzten Teil gestand er mit finsterer Stimme.
„Aber..."
„Die Nacht vor der Vollmondnacht, der Tag vor der Vollmondnacht, die Nacht an sich und der Tag danach bis die Sonne untergeht. Das ist zu lange um sich im Hotelzimmer einzuschließen, um eventuellen Pannen zu entgehen."
Er wirkte plötzlich wieder unsicherer. Sie kaute auf ihrer Lippe. „Ich kann nicht wieder hier weg... Momentan habe ich drei Bedienungen weniger als sonst."
„Ich kann nichts dran ändern. Wenn es vorbei ist, komme ich wieder", versprach er.
Sie sah eine Weile auf den Boden. „Ich will nicht, dass du gehst. Nicht jetzt. Dann würde ich mich... Gott, sag mir, dass es nicht nur ein Abenteuer für dich war!"
Er gab ein kurzes Knurren von sich. „Glaubst du das?"
„Naja, du wusstest doch, dass morgen Nacht Vollmond ist! Es kommt mir vor, als..." Sie seufzte. Er ließ sich auf den Stuhl sinken und fuhr sich durch die Haare. „Es war dumm von mir... Aber ich bin in dich verliebt. Ich habe nicht darüber nachgedacht, was ich tue, wenn es klappt."
Sie stand wie vom Donner getroffen da. „Du liebst mich?"
Grüne Augen funkelte sie zornig an. „Ja, was dachtest du? Mia, ich habe dir alles über mich erzählt und ich

war mit dir im Bett. Ich weiß nicht, was du befürchtest, aber ich suche mir meine Bettgefährtinnen gut aus."
„Oh... Danke!", sagte sie schnippisch.
Er sah müde zu ihr auf. „So war das nicht gemeint und das weißt du." Er stand auf und kam zu ihr. Sie war immer weiter von ihm weggegangen. Bestimmt griff er nach ihrer Hand und zog sie zu sich.
„Ich liebe dich. Vom ersten Moment an fand ich alles an dir hinreißend."
„Obwohl ich panisch an der Hauswand geklebt habe?"
Er lachte auf, aber er ließ sich nicht ablenken. „Und ich liebe dein Lächeln, deinen Geruch und deine aufbrausende, ehrliche Art, genau so sehr wie deinen Sinn fürs Vorsichtige und Grüblerische."
Sie sah ihn kritisch an. „Dann geh nicht."
Jetzt blinzelte er. „Aber ich kann nicht hier bleiben."
„Wieso? Wir machen die Fenster dicht und du gehst nicht raus."
Sie sah, wie er mit sich rang. „Aber..."
„Was?"
Nun lief er ruhelos durch das riesige Zimmer, was Wohnzimmer und Esszimmer zugleich war und an die große, offene Küche grenzte. „Aber das ist unvernünftig!"
Das kam von tief innen, dachte sie überrumpelt. „Es wird nichts passieren", versprach sie leise und sah ihm ins Gesicht. „Und es wäre eine Art Feuertaufe für uns. Du vertraust dich mir an und ich lerne dich auf jede Art und Weise kennen. Je früher wir uns dran gewöhnen, desto besser, oder?"
„Wow, wo kam all der Mut her, Lady Hasenfuß?"

Ein Grinsen, was alle Zähne zeigte, trat auf sein gebräuntes Gesicht. Unheimlich leuchteten die vielen, strahlend weißen Zähne auf. Sie sah, wie sich sein Gebiss veränderte und dann war er bei ihr. Zum erst Mal fiel ihr auch auf, dass sich außerdem noch mehr veränderte. Seine Augen wurden heller, er schien plötzlich irgendwie größer und das Gesicht veränderte sich ebenfalls. Die Wangenknochen höher und die Unterkieferknochen breiter. Das Gesicht eines Wolfes, wenn auch als Mensch.

Aber er lächelte sie breit an und Liebe leuchtete aus seinen Augen. „Wirklich? War die letzte Nacht so überzeugend?"

Sie kicherte. „So bist du wirklich, oder?"

Er nickte ernst. „Es ist nur, weil bald Vollmond ist und wenn ich… erregt bin…" Er hob sie hoch. „Da ist das Schlafzimmer, oder?"

Sie konnte nicht antworten, weil er sie beim Gehen küsste. *Himmel, sie hatte ihm noch nicht einmal das verdammte Haus gezeigt…!*

Mit ihrem Hirn stimmt etwas nicht. Mia federte von der Matratze ab, was er sie darauf warf. Nein, mit ihrem Hirn stimmte alles. Und Herz und Körper konnten da auch nicht nein sagen. Ihre Augen blieben an seiner nackten Hüfte kleben, als er die Jeans wegschleuderte.

Kapitel 8

Auf der Arbeit war sie kaum zu gebrauchten. Es war Vollmond.
So löschte Mia ausversehen die gerade entgegengenommene Reservierung eines Gastes und war ständig in Gedanken woanders, so dass sie Amanda neben sich nicht sprechen hörte. Aber irgendwann hetzte sie dann los, nachdem sie ihre Freundin noch gebeten hatte, alleine den Laden zu schmeißen. Diese hatte sie nur angesehen, als hätte sie ein drittes Auge auf der Stirn. Sie ging sonst nie früher nach Hause.
Es war dunkel, als sie bei sich Zuhause ankam. Sie schloss die Haustür auf und schlüpfte schnell ins Innere. Es roch himmlisch, Musik und Fernseher liefen laut. Er briet Fleisch und bewegte im Takt des Metal-Songs den Kopf. Bewundernd sah sie zu, wie sich die Muskeln seines breiten Rückens unter dem schlichten T-Shirt bewegten. Das schwarze Haar war nass vom Duschen, wie sie annahm. Ihr fiel belustigt auf, dass nun länger als gestern war.
Sie ging zu ihm, wo er sie mit einem zärtlichen Kuss begrüßte und sie griff nach den Haaren, um die seidigen Strähnen zu spüren.
„Das riecht wirklich gut. Ich wusste bis heute gar nicht, dass du kochen kannst! Wieso überlasst ihr das immer Paige?"
Er fing an das Essen auf Teller zu verfrachten. „Weil sie es einfach besser kann. Dazu ist es wohl ihr Hobby. Sie hat mich mal fast umgebracht, als ich sie überraschen wollte. Ich war zwanzig und von einer langen Reise zu-

rück. Zur Feier habe ich Lasagne gemacht. Meine Mutter war stinkwütend, weil sie das hatte machen wollen. Seitdem kochte ich nur noch, wenn ich vor Hunger umkomme."
Sie lachte: „Dann werde ich nie kochen müssen, weil du immer vor mir Hunger haben wirst!"
Brummend schob er sie zum Tisch. „Ich war in der Stadt und habe alles geregelt. Ich kann morgen von hier ausarbeiten. Ich brauche nur mein Laptop."
„Du willst morgen arbeiten?"
Er zog eine Augenbrauen hoch, während er die Teller abstellte. „Es ist Mittwoch. So verwunderlich ist das nicht."
„Ja, aber... mh...", sie schluckte ihren Kommentar runter. Nachdenklich nahm sie eine Gabel Reis auf und führte sie zum Mund. Sie aß sorgfältig kauend, während er ein halbes Steak in derselben Zeit herunterschlang. „Du schluckst aber schon?"
„Manchmal", sagte er düster und fixierte sie kritisch. „Du wirst mir weiter Löcher in den Bauch fragen, oder? Wäre hätte gedachte, dass du so neugierig bist."
Sie kaute langsam weiter. So genau tat sie nicht wissen, wie sie reagieren würde, wenn er sich verwandelte.
„Natürlich kann ich auch alles mit Cam besprechen. Der Kleine ist ein wirklich freudiger Interviewpartner." Sie zwinkerte ihm zu.
„Naja, Cam ist wirklich ein Sonderfall. Ich glaube, er denkt nicht allzu viel." Seine Mundwinkel zuckten bei dem Gedanken an seinen kleineren Bruder. Und sie konnte ihm nicht ganz widersprechen. Cam war nicht dumm, aber er dachte immer erst hinterher.

„Hast du denn keine Fragen an mich?", fragte sie. Sie erinnerte sich daran, wie er ihr erzählte, dass er kaum einschätzen konnte, wie Menschen ihre Welt erlebten. Ja, sie konnten das Interview auch andersherum spielen. Sie trank etwas Weißwein und sah ihn abwartend an.
Er hatte bereits aufgegessen. „Doch ich habe auch Fragen... Aber nichts Bewegendes."
„Also, du kannst mich alles fragen!", sagte sie grinsend. Sein Blick sagte ihr, dass dies ein Fehler war. Er griff nach seinem Weinglas und überlegte.
„Wie fühlen sich Kopfschmerzen an?"
Mia fühlte sich veralbert. „Das ist alles? So was beschäftigt dich?"
„Ich hab eine ganze Reihe an Fragen. Ich kann mich nie ehrlich mit einem Mensch unterhalten. Bekka und meine Mutter sind auch ungeeignet, da sie Vargblut in sich haben."
„Wie genau?" Bekka hatte das nie thematisiert.
Er nickte: „Bekkas Vater gehörte zum menschlichen Rudelanteil, die mit vargischen Vorfahren - wie dein Vater. Aber sie ist, wie ein Mensch aufgewachsen, ohne über uns etwas zu wissen. Aber da ihr Vater und ihre Mutter Halbvargs sind, ist es bei ihr stärker als bei dir."
Er machte eine wegwischende Bewegung. „Jedenfalls eignet sie sich nicht zum Reden. Ihre Sinne sind nicht menschlich. Und andere Menschen... Wie würde mich wohl ein Mensch ansehen, wenn ich ihn frage, ob er wirklich nicht die Ratte riecht, die unter dem Schrank sitzt? Oder ob er mit der Sekretärin Sex hatte, nach der

er riecht? Für mich ist es wirklich schwer einzuschätzen, was ihr könnt und was nicht. Einiges weiß ich noch und merke auch aus Gesprächen, wie das menschliche Leben ist, aber ich weiß es nicht! Also ja. Ich meine das ernst."

Mia stocherte in ihrem Essen rum, so lange das er sich genervt zurücksinken ließ.

„Nun ja... Also Kopfschmerzen sind, wie wenn dir ein Pferd gegen den Kopf tritt. Das weiß ich, weil ich mich mit Cam unterhalten habe." Sie ließ die Gabel sinken. „Und wir können Tiere riechen. Zum Beispiel nasses Hundefell."

„Nasses Hundefell, ja? Wie riecht das für euch?"

Sie konnte sich vorstellen, wieso ihn das interessierte.

„Es stinkt halt", gab sie lahm zu.

„Es stinkt?", fragte er mit bestürzter Miene. „Wie schlimm denn? Wie in der Werbung für diese Raumsprays?"

Mia musste anfangen zu lachen, weil er wirklich verzweifelt wirkte. „Also sauberes Fell riecht eigentlich gut. Und nein, es ist nicht wie Müll. Es riecht nur nicht wie Blumen oder Kuchen."

Er sah verstört aus. „Ich glaube, das Problem ist, dass ich nicht einschätzen kann, wie intensiv ihr etwas wahrnehmt. Und die Art, wie du es beschreibst, ist wenig hilfreich. Für mich sind Gerüche wichtiger als alles andere. Was ist denn dein Lieblingsgeruch?"

„Frisches Brot, Nadelholz... und Orange. Flieder... Schnee", zählte Mia auf.

„Schnee? Ich dachte, er hat keinen Geruch für euch."

„Irgendwie schon. Es sind unklare Gerüche."

Sie saßen sich gegenüber wie zwei Botschafter fremder Welten, denen der Dolmetscher fehlte. Er grinste, "Wie ist es, wenn es dunkel ist? Wie sehen meine Augen aus? Also ich weiß, dass sie leuchten. Aber... Ich sehe das nicht."
"Naja, alles andere ist grau und das sind zwei runde, gelbe Punkte. Es ist schon unheimlich."
"Mh, es ist also wirklich auffällig?"
Sie nickte. "Das wisst ihr wirklich nicht?"
"Nein, woher? Ich kann im Dunkel schwach Farben sehen. Und wenn ich z.B. Connor im Dunkel sehen, leuchten seine Augen für mich nicht..."
"Okay... Naja, also passt besser auf." Sie wusste, dass das überflüssig war.
"Sex?" Seine Stimme klang tiefer.
Sie zuckte zusammen, "Was?"
"Naja, irgendwie ist das was, das Menschen entweder zu viel oder zu wenig machen. Also bei uns ist es etwas, was man einfach tut. Bei euch ist das ein Thema."
Sie starrte ihn an und musste an die Art denken, wie schnell und selbstbewusst er sie ohne allzu langes Geplänkel genommen hatte. In gewisser Weise schien ein Vorspiel für ihn nicht zu existieren. Aber das würden sie noch einüben.
"Einfach tun?", fragte sie nach.
Er hörte den Alarm. "Nein. Bitte, versteh mich nicht falsch. Aber wenn wir jemanden haben, den wir mögen, machen wir es. Wir sind nicht so schamhaft. Und wir könnten ständig..."
"Ja, das habe ich gemerkt.", sagte sie trocken.

Er grinste nur. „Ich schlafe nicht mit jeder. Aber ich hätte auch schon an dem Morgen, als ich dich auf der Terrasse..."
„Aber da kanntest du mich gar nicht!", rief sie nun etwas wütend.
„Mia? Du rochst gut. Und alles hat gestimmt. Ich wusste, dass du zu mir passt."
„Am Geruch?"
„Bis du Panik bekamst. Aber ja."
Sie saß starr da. „Aber du hast mich ignoriert."
„Du bist auch fast immer geflohen, wenn ich auftauchte", gab er zurück.
Verlegen lächelte sie, „Du wirkst auch nicht gerade zahm."
„Nicht? Wie denn dann?"
„Naja, deine Brüder sind alle schmaler und heller. Und Connor ist eher ein Teddy. Du bist... ähm... anders." *Du bist düster, zäh, riesig und gefährlich.* Was sie ihm nicht sagen würde. Sein Ego musste nicht noch mehr wachsen.
Er lachte. „Naja, ich bin ja auch ihr Leitwolf. Das nennt ihr so, oder?"
„Du befielst, oder wie?"
„Eigentlich bin ich immer eher der Dumme, der alles regeln muss und mehr Arbeit hat. Aber ja, im Prinzip schon." Er verschränkte sie Arme, wodurch sich sein mächtiger Bizeps wölbte.
Sie saßen sich gegenüber und Mia nippte an ihrem Glas.
„Wann geht's los?", fragte sie unvermittelt.
Seth zuckte mit den Schultern. „Keine Ahnung... Ich kann der Sache auch vorgreifen, wenn es dich glücklich

macht. Ich muss nicht warten, bis die Sonne untergeht oder so. Dass hier ist die Realität und kein Horrorfilm oder eins dieser kitschigen Bücher."

„Was für Bücher?" *Hoffentlich hatte er ihre Buchsammlung im Schlafzimmer nicht gesehen…*

„Werwölfe sind sehr beliebt. Gleich nach Vampiren. Sie sind anscheinend die neuen Piraten der Liebesmarktindustrie."

Dazu würde sie nicht mehr sagen, sonst würde sie nur rot. Vor allem, da sie nun wusste, dass es im eigenen, echten Leben anders war, als im gedruckten Wort.

„Aber wie lange kannst du es unterdrücken?", bohrte sie weiter.

Seine Augen wurden schmal und er setzte sich auf. „Weswegen? Ist das wichtig?"

Mia erkannte erschrocken, dass ihm der Gedanke wohl nicht recht war, dass sie es wusste. „Nein, ist es nicht. Aber ich bin deine - deine Freundin? Ich sollte es wissen."

Über sein Gesicht huschte ein beschämter Schatten. „Entschuldige, Mia. Ich war irgendwie… Es ist auch für mich komisch. Bis jetzt war ich immer - wirklich immer – zur Verwandlung im Wald oder zuhause. Dass ich mich hier bei dir zurückziehe, macht mich unruhig." Er brach ab und lächelte zerknittert.

„Du musst keine Angst haben. Ich habe keine Sondereinheiten von der militärischen Forschung angerufen oder so…. Ich wollte es nur wissen. Ich bin nur neugierig. Wie passiert es eigentlich? Tut es weh?", brachte sie hervor.

Bestürzung breitete sich auf seiner Miene aus. „Baby, ich hab dich echt gerne. Aber deine Augen haben bei den Worten *wehtun* etwas zu viel geglitzert."
Jetzt war es an ihm Wein zu trinken.
Toll, sie waren beide angespannt!
Das Ticken der Uhr war zu hören.
„Fein!", knurrte er. Seine Augen blühten gelb auf, als er aufsprang. „Wir bringen es jetzt hinter uns. Wenn ich noch länger warte, werde ich verrückt." Er trat auf ihren Stuhl zu, zog sie hoch und sah ihr tief in die Augen. „Sieh genau zu! Ich will, dass du begreifst, dass das wirklich ich bin. Ich gehe nirgendwo hin, sondern bleibe da."
Sie verstand, wie viel Bedeutung in seinen Worten lag. Er blieb bei ihr, weil sie in kurzer Zeit rasend schnelle, unbegreifliche Gefühle für einander entwickelt hatten. Etwas, was sie nie, geschweige denn auch nur vor drei Tagen, für möglich gehalten hätte. Seth würde bei ihr sein. Immer, wenn sie ihn nur ließ.
Aber er meinte nun etwas anderes. Schweigend sah sie zu ihm auf. Er wurde zu keinem anderen, wenn er sich verwandelte. Genau dieses Detail stand noch zwischen ihnen, denn sie konnte nicht fassen, wie zwei unterschiedliche Wesen der gleiche Mann sein konnten.

Dann wartete er auf keine Antwort oder Versprechen, sondern die Veränderung ergriff ihn. Seine Gesichtszüge wurden anders. So wie sie es schon zuvor gesehen hatte, wurden seine Augen Gelbgrün statt dem rauchigen hellen Grün, was sie so liebte. Die Pupillen wurden schmal und dann zu Schlitzen, was bei einem

echten Wolf gar nicht der Fall war, denn sie hatte Wölfe bis zum Erbrechen im Internet recherchiert. Die Wangenknochen wurden schärfer, breiter. Und dann war die Wandlung schneller, als sie es erfassen konnte. Er streifte keine Haut ab, hatte keine Krämpfe, heulte nicht den Mond an oder wurde in Licht getaucht.
Die Veränderung war fließend, alles umgreifend. Es hatte langsam mit den Augen begonnen und ergriff ihn dann wie etwas, was zwar überwältigend und ihn zu etwas komplett anderem machte, aber eben etwas Natürliches für ihn war. Es schmerzte ihn offenbar kein bisschen, für ihn war es wie atmen. Von jetzt auf gleich war er ein komplett anderer.
Jetzt stand vor ihr ein großes Monster mit schwarzem Fell. Das alte, lose T-Shirt spannte sich nun um seine Brust und seine Arme. Am Hals war der Stoff gerissen. Sie starrten sich an. Mia hatte in den letzten Tagen jeden Zentimeter seines menschlichen Körpers erforscht. Aber so kannte sie ihn nicht.
Sie musste daran denken, was sie zu ihm gesagt hatte. Nämlich, dass sie krank sei, wenn sie ihn als Varg mögen würde. Und genau das schienen seine Augen zu befürchten, die sie ruhig, aber fast bittend absuchten.
Seth war als Mensch knappe zwei Meter groß. Aber nun war er etwas über zwei Meter. Vielleicht zwei Meter zehn. Das kam vor allem, weil die Füße sich veränderten. Als Varg lief er auf den Zehen, während die Mittelfußknochen langgestreckt waren.
Sein Fell war tiefschwarz mit dunkelgrauen Bereichen am Schwanz und an den Füßen. Besonders am Hals war das Fell länger und dicker, so dass es über den wei-

chen Stoff quoll. Die Ohren zuckten und standen aufgestellt. Richtige Wolfsohren. So wie eine richtige Wolfsschnauze, bis auf Kleinigkeiten. Sie war etwas kürzer und breiter.
„Das ist wirklich... krass", erklärte sie hohl.
Ja, verdammt! Wortgewandt wie immer, Bitch. Ihr Kopf war wie leer.
„Krass?", fragte er verdutzt. Seine Stimme war wie immer, wenn auch knurriger.
„Hör nicht auf mich. Ich bin... äh... abgelenkt", brabbelte sie.
Jetzt lachte er und entblößte die langen Reihen scharfer Zähne. Sie glotzte wohl. Er schloss den Mund. Wachsam sah er sie an, bevor er ihr zögernd eine Hand entgegen hielt. Zittrig nahm Mia sie. Ihre Finger verwoben sich. Bewundernd strich sie über das kurze Fell auf dem Handrücken. „Das ist ja unglaublich weich."
„Danke", sagte er amüsiert.
Nun etwas mutiger nahm sie seine riesige Pranke mit beiden Händen und hielt mit einer fest, während die andere über seine Handinnenfläche fuhr. Seine Finger zuckten leicht. Die Krallen waren erschreckend lang und scharf. Mit dem Daumen strich sie über eine Kralle und drückte leicht auf die Spitze. Er entzog sich ihr und fuhr mit derselben Hand über ihr Gesicht. Die Krallen hinterließen ein leichtes Kribbeln. „Es passiert nichts. Keine Angst, dazu müsste ich zudrücken."
Prüfend sah sie ihn an. Die Erkundungstour schien nicht nur sie ruhiger zu machen. Langsam trat sie näher und ließ eine Hand unter sein T-Shirt gleiten. Entschlossen, als er es nicht verhinderte, zog sie es hoch. Sie sah zu, wie er es auszog. Sie betrachtete seinen

Oberkörper. Muskulöser als vorher. Das Fell war so kurz, dass es jeden Muskel erkennen ließ. Mia biss sich links auf die Unterlippe und legte eine Hand auf seine Brust. Breit und hart. Warm. Und überraschend vertraut. Sie fühlt sein Herz.

Seine Finger legten sich um ihren Nacken. Der Daumen kreiste über die Haut unter ihrem Ohr. Sie legte den Kopf schief und genoss es.

Wie eigenartig. Es schreckte sie nicht mehr ab, wie er nun aussah. Seine andere Hand streichelte ihre Wange und dann über ihre Lippen. Ihre Augen fuhren zu seinen. Gelbe Wolfsaugen sahen zurück – Vargaugen korrigierte sie sich.

Er hatte Recht, er war kein Tier. Der Wolf an sich sah anders aus. Es gab so viele kleine Unterschiede in seinem Gesicht.

Aber vor allem der Ausdruck darauf. Intelligent, wach und spöttisch wie immer. Sie konnte es auch nicht begreifen, dass sie erst vor zwei Tagen gedacht hatte, dass sie es niemals akzeptieren können würde.

Fast vier Monate lang hatten sie mit sich gekämpft und es sich nicht eingestanden. Nur um jetzt festzustellen, dass das egal war. Dass es nichts änderte, dass sie nicht von der gleichen Art waren.

„Du bist wirklich außergewöhnlich", sagte er verträumt. Sie lief etwas rot an, dann griffen ihre Finger nach seinem Gesicht. Aber er schnellte zurück.

Sie lachte auf und hielt ihm die Hand weiter hin. Seine Augen waren erstaunt auf sie gerichtet. Etwas ungläubig.

Ein Nicken. „Darf ich?"

Bevor er Einspruch erheben konnte, fuhren ihre Finger tief in das lange, dicke Fell am Hals.
„Die gefallen mir auch!", sie griff nach seinen Ohren. Er schnaubte und lehnte sich zurück, damit sie von seinen Ohren ablassen musste. Dann schlang er seine Arme um ihre Taille. Mia quietschte auf, aber legte dann lächelnd die Arme um seinen Hals. Er trug sie mit wenigen Schritten zum Wohnzimmer, wo er sie auf das Sofa setzte.
„Normalerweise verbringe ich diese Nacht draußen. Brauche die Natur, die Freiheit und die Jagd. - Aber da wir zusammen hier festhocken, sehen wir fern."
„Wie aufregend!", zog sie ihn auf, aber er ließ sich nicht beirren.
Seine Augen ruhten auf ihr: „Dein Herz rast genug. Als würden ein Pferd im vollen Galopp in deiner Brust herumrennen. Fernsehen ist für dich genug für heute. Am besten gucken wir Kinderfilme oder so."
Ertappt ließ sie sich auf dem Sofa nach hinten sinken, aber sie klopfte auf den Platz neben sich, damit er zu ihr kam.
Den restlichen Abend und einen großen Teil der Nacht verbrachten sie auf dem Sofa liegend vor dem Fernseher. Zur Abwechslung sprachen sie kaum, so dass Mia immer ruhiger wurde.
Und sie fühlte sich völlig befreit. Die schlechten Gedanken waren wie weggespült. Es war tröstlich normal, egal, wie verrückt es für jeden anderen Menschen ausgesehen hätte, der zufällig über sie gestolpert wäre.
Irgendwann musste sie eingeschlafen sein, denn er hob sie hoch und trug sie ins Bett. Sie bemerkte, wie

er zögernd davor stand. „Komm mit!", murmelte sie. Daraufhin legte er sich zu ihr und nahm sie in den Arm.

Kapitel 9

Der Morgen brach früh an und sie wurde davon wach, dass Seths Handy klingelte. Sie sah zu, wie er sich über den Bettrand lehnte und sein langer Arm nach dem kleinen Smartphone fischte. Fasziniert beobachtete sie, wie er sich bei der Bewegung verwandelte. Das Fell auf seinem Rücken wurde heller und kürzer, bis es ganz verschwand und gebräunte Haut über glatten, schweren Muskeln zurückließ. Einige Narben zogen sich über den breiten Rücken, der sich nach unten hin verjüngte, so dass er hübsch pfeilförmig war.
Das Handy läutete immer weiter und sie setzte sich leicht auf. Irgendwie hatte es etwas Alarmierendes an sich. Sie sah auf den Wecker. Gerade mal halb sieben. Der menschliche Seth richtet sich mit einem geknurrten Gruß an den Störenfried auf. Dann streckte er seinen langen Körper neben ihr aus und begegnete ihrem Blick.
Seltsamerweise war es so intensiv, dass sie verlegen wegsah. Schlimmer als nach ihrer ersten gemeinsamen Nacht. So als hätten sie letzte Nacht alles geteilt. Der sexy, zwei Meter große Mann hatte den gleichen wissenden Ausdruck im Gesicht wie sie gehabt. Ein wunderschönes Gesicht, was sie anerkennend ansah. Vor lauter Staunen darüber, dass sie das auch überstanden hatten.
„Fergus? Was ist los?"
Sie konnte den anderen Varg nicht verstehen, aber Seths Miene wurde absolut ausdruckslos und ernst. Schnell fuhr er sich mit der freien Hand durch das Haar und über das Gesicht. „Ich komm sofort nach Hause."

Dann legte er auf.
„Es ist was passiert. Ich muss los."
„Was ist denn?" Sie sah zu, wie er mit nur einer Jeans bekleidet zur Tür joggte.
„Keine Sorge, aber sie brauchen mich."
Die Tür war zu. Verwirrt und besorgt blieb sie im Bett zurück.

„Also du fährst nach Maine zurück?" Die Fahrt von Boston nach dem kleinen Ort in der Nähe von Millinocket dauerte bei guter Fahrt fast fünf Stunden.
Er nickte nur und goss sich Kaffee ein. Ihr entgingen die Sporttasche und der gepackte Laptop am Türrahmen nicht.
„Aha, sag mal… Was machen wir jetzt?", fragte sie mit unterdrücktem Zorn.
Er blinzelte und sah sie an. „Wie meinst du das, Lady Hase?", er zupfte frech an ihrem Ohr. Super, ihr Spitzname blieb, auch wenn sie nun keine Urangst mehr vor ihm verspürte.
„Hey!", beschwerte sie sich und entzog ihm ihr Ohr.
Seth verzog amüsiert den Mund. „Du darfst beim nächsten Mal auch mehr mit meinen Ohren spielen."
„Deine Ohren?", fragte sie verwirrt.
„Ich dachte, dass du die letzte Nacht interessant fandst. Aber ich habe auch andere Körperteile im Angebot."
„Wo sind wir? Auf einem Basar?"
„Sexbasar?", erkundigte er sich. Wobei ihr der Gesprächsverlauf nicht gefiel.
„Gibt es das?", fragte sie argwöhnisch.

„Rabbit, was glaubst du, tun wir so im Bett? Ich tausche meine Teile mit deinen."
Sie prustete: „Kreativ ausgedrückt. Aber, ich bin froh, dass deine Teil deine Teil sind."
Seine Augenbrauen zuckten kurz. „Ich dachte, dass es klar sein sollte, dass ab jetzt all meine Teile eh dir gehören." Er trat näher zu ihr und umgriff ihren Nacken. „Du darfst aber mit mir verhandeln, was wir mit allen Teilen tun könnten…"
Sie verdrehte die Augen und pickte ihm gegen die Brust. Er grinste aber ungestört weiter. „Lenk nicht ab! Ich will wissen, wie du dir vorstellst, was jetzt passiert. Du wirst schon mal nicht zu mir in die Stadt ziehen, oder?"
Mia sah suchend zu ihm auf, während seine Finger ihren Nacken massierten.
Ein Rumpeln entfuhr seiner Brust. „Eine Vollmondnacht im Haus ist ok, aber auf Dauer würde ich wahnsinnig werden." Sein Arm schlang sich nun um sie. Aber Mia konnte die Zärtlichkeit nicht erwidern, da seine Worte sie enttäuschten. Gestern hatte es sich so angefühlt, als wären sie nun zusammen und alles sei jetzt geregelt.
Das war naiv und falsch gewesen.
„Nein. Hier ist es zu gefährlich für mich. Kommst du mit mir?", hörte sie ihn nun fragen.
Sie sah auf ihre Finger. „Mein Hotel ist hier."
„Ich denke, du hast genug Vermögen, um einen weiteren Laden bei uns aufzumachen."
Mia verzog unglücklich das Gesicht. „Ja, schon. Aber ich mag meinen ersten *Laden*. Da sind so viele Erinnerungen. Meine Mutter hat ihn aufgebaut und…" Sie

stoppte. „Wie komisch... Ich bin erst seit drei Tagen mit dir zusammen! Warum glaubst du, dass ich mit zu dir ziehe? Warum so endgültig?" Sie knuffte ihn gegen den Bauch, worauf er allerdings jetzt etwas schnaufte. „Dein Ego ist zu groß!", beschwerte sie sich.
Seths Gesicht wurde ernst, aber trotzdem erschienen seine Grübchen leicht. Ganz als ob er kurz vorm Lächeln war und Liebe stand in seinen Augen.
„Süße, wie ich bereits sagte. Ich bin von Natur aus treu und monogam. Einmal ein Weibchen gefunden, lass ich es nicht mehr gehen."
„Ach?", fauchte sie aufgebracht. „Und ich werde nicht gefragt?"
Jetzt lachte er wieder und griff nach ihr. „Willst du denn nicht? Mia, du hast einen Vollmond mit mir überlebt. Das ist ein ziemlich guter Liebesbeweis für eine Frau, die vor drei Monaten noch Angstzustände in ähnlicher Situation hatte und vor mir weggelaufen ist. Außerdem hast *du* damit angefangen, dass ich zu dir ziehe!"
Sie klappte den Mund auf und schloss ihn wieder. Sie überging den Fakt, dass sie ihn eigentlich nicht gebeten hatte, zu ihr zu ziehen, sondern es nur nicht ausgeschlossen hatte.
„Ich bin nicht nur *deswegen* weggelaufen, sondern auch, weil du dich in einen bedrohlichen Irren verwandelt hast, der mir auflauern wollte."
Seth schnaubte: „Du weißt, dass es nie so gemeint war. Oder habe ich dich letztendlich am Fortgehen gehindert?"
„Nein, aber du bist mir nachgekommen."

„Mh, weil ich dich sehen wollte. Und nicht, um dich zu überprüfen."
Sie lieferten sich ein Blickduell, das sie natürlich verlor. Der Alphawolf konnte jeden niederstarren. Aber sie wusste, dass er Recht hatte. Er hatte sie ziehen lassen. Und hätte sie ihn und seine Art verraten, hätte er auch alles Recht gehabt wirklich wütend auf sie sein zu dürfen.
Er umfing ihr Gesicht: „Grübelst du wieder?"
„Etwas", gestand sie ein.
„Ich gebe dir etwa Zeit. Jetzt muss ich los, aber ich rufe dich später an. Wir werden sehen, wie wir das regeln. Aber gehen lassen, werde ich dich nicht mehr."

Sie vermisste ihn, so dass der folgende Monat die reinste Qual war. Was erschreckend war, da sie nicht damit gerechnet hatte. Die Zeit zuvor hatte sie an ihn gedacht, von ihm fantasiert. Aber es war ein bedeutsamer Unterschied, wenn man wusste, was man haben konnte, wenn derjenige da wäre...
Und es war kein Vergleich zu ihren mickrigen Beziehungen zuvor, falls man die so schimpfen durfte. Weder ihr Jugendfreund Kyle noch der aufgeblasene Bürohengst, der sie zum Essen ausgeführt hatte, als er sie mal an der Rezeption gesehen hatte. Das Eine war nett und das Andere irgendwie schmeichelnd gewesen, aber was ganz anderes.
Seth war mehr als alles, was sie je erlebt hatte. Und das einmal abgesehen von seinem übernatürlichen Genpool.
Himmel, ja! Mia *sehnte* sich nach ihm.

Sie hätte nie gedachte, dass sie das schmalzige Wort mal so sehr verstehen würde. Aber es war anders als vermissen. Sie hatte fast körperliche Schmerzen. Sie brauchte ihn bei sich. Wobei sie sich immer wieder sagte, dass sie keine verdammte 15-Jährige war.
Aber leider musste sie sich eingestehen, dass die 15 Jahre alte Mia Ashcroft vermutlich rationaler als sie nun gewesen war. Aber die hatte auch nicht Seth gekannt!
Und gerade, weil ihr Kopf immer konfuser wurde und sie wusste, dass sie davon nicht loskommen würde, begann sie alles zu organisieren.
Mia beförderte Amanda zur Managerin und ihrer Stellvertreterin. Und überließ alles mehr oder weniger ihren Händen. Da Amanda bereits lange mit ihr und ihrer Mutter gearbeitet hatte, war es nicht schwer ihr alles anzuvertrauen. Das Unternehmen war sowieso eher familiär locker als richtig straff gemanagt. Das Haus ihrer Eltern würde Mia behalten. Sie konnte es sich leisten, das Haus leer stehen zu lassen. Wenn sie nach Boston kommen würden, würden sie hier leben. Zum Glück hatte sie nie Goldfische für ihr Aquarium gekauft…
Innerhalb von zwei Tagen stand Mia mit Seth vor ihrem Haus, er war gekommen um alles mit ihr rüber zu fahren.
Verwirrt sah Mia sich um. Tat sie das wirklich? Die Koffer waren draußen auf der Ladefläche des Pickups, den er mitgebracht hatte.
Wieso tat sie das? Aber es war vermutlich, wie er gesagt hatte. Er war Monogam und treu. Es sah ganz da-

nach aus, als würde sie ihm aus tiefstem Inneren vertrauen und deswegen war dieses normale Zögern fast wie ausgeblendet.
Sie kaute auf ihren Nägeln herum, als Seth plötzlich erschien. Er warf eine Sporttasche oben auf die Kartons und sah sie schweigend an.
Sie schüttelte heftig den Kopf. „Ich verkaufe es nicht. Niemals. Es ist das Haus meiner Eltern. Eins der wenigen Sachen, die ich mit beiden verbinde."
Abwehrend hob er eine Hand: „Wie kommst du darauf? Aber, Mia?"
Er drehte sie zu sich um, als wäre sie eine Puppe. Seine Kraft war schon erschreckend.
„Du kannst auch hier bleiben. Dann fahren wir beide uns besuchen. Ich verstehe, wenn es dir zu schnell..."
„HA!", rief sie aus und fummelte mit einem Finger vor ihm rum. „Doch Angst, Wolf?"
Er grinste nur noch wölfischer als sonst, um sie zu ärgern.
„Nein", er kam mit seinem Gesicht so nah zu ihr runter, dass sie das Gefühl hatte, den Hals einziehen zu müssen. Seine Nase rieb über ihre. „Aber ich weiß, dass du eigentlich von der gründlichen Sorte bist. Vielleicht brauchst du noch zwei Monate Bedenkzeit und ich muss irgendwelche Fragebögen ausfüllen. Du magst ja Frageunden."
Eine seiner schwarzen Augenbrauen zog sich hoch, als sie blinzelte. „Das hast du nicht vor, oder? Noch mehr Interviews?"
Sie kicherte: „Nein, aber ich bin immer wieder baff, wie gut du mich einschätzt. Das hier ist wirklich gegen meine Natur. Zu schnell."

Als sie das tiefe Grollen hörte, sah sie verblüfft auf. Seine Hände legten sich um ihr Gesicht. „Meine Natur ist da simpler. Ich will dich. Es gibt kein Wenn und Aber von meiner Seite mehr. Wenn du Zeit brauchst, ist das ok. Aber ich brauche keine Zeit mehr, um zu wissen, dass ich dich mit mir nach Hause nehmen will."
Seine Worte gefielen ihr, aber es war das Leuchten in seinen Augen, was sie überzeugte. Er freute sich auf sie. Er liebte sie. Da war kein Zurückhalten oder falsches Schmeicheln. Er meinte es genauso. Und das scheinbar aus jeder Faser seines Körpers.

Ungläubig sah sie auf die leere Verpackung des Burgers, des Sandwichs und der zwei Schokoriegel. Mia saß auf dem Beifahrersitz des Autos, weil Seth die ganze Zeit über gejammert hat, dass er fahren wollte, als sie sich ans Steuer gesetzt hatte. Nach einem Stopp an einem Imbiss, hatten sie nun getauscht. Er heizte wie ein Irrer. Nun verstand sie Paiges Unwohlsein, wenn sie mit ihm im Auto saß. Aber die Straßen waren leer und sie versuchte sich zu entspannen.
Er trug nur ein weißes T-Shirt und Jeans. Das Haar war so lang, dass es bereits wieder weit über den Kragen reichte und er hatte einen Dreitagebart. Sie grinste. Einen Tag nicht rasiert und einen Monat nicht die Haare geschnitten.
„Sie wachsen wirklich schnell! Als du in meinem Café angekommen bist, waren sie ordentlich und nur wenige Zentimeter lang. Und jetzt sieht es so aus, als wärst du noch nie bei einem Frisör gewesen."
Seth wirkte amüsiert, sah aber weiter auf die Straße.
„Deswegen trägt Fergus seine Haar lang. Es gibt eine

Länge, wo sie nicht mehr so schnell wachsen. Eine gute Möglichkeit, wenn man nicht ertappt werden will."
Er beschleunigte. Mia krallte sich in den Sitz, da sie weit schneller fuhren, als es erlaubt war.
„Stört es dich, wenn ich es wachsen lasse?" Er sah sie kritisch an.
Mia grinste. „Du hast es wegen mir geschnitten?"
Er zuckte mit den Schultern: „Gefällt es dir denn besser?"
Belustigt sah sie zu, wie er im Handschuhfach suchte und dann den letzten Riegel herausfischte und verputzte. Wie konnte jemand, der alle drei Sekunden Zucker in sich hineinschaufelte, wie ein Profisportler aussehen?
Ihr Blick glitt über seine breite Brust und Schultern. Kein Gramm Fett. Gegen ihren Willen wurde ihr heiß und sie wandte sich beinah erschrocken ab.
Nicht schon wieder!
Der Wagen wurde langsamer, so dass sie Bäume weniger schnell an ihr vorbeirasten. Misstrauisch sah sie ihn an. Seths Mundwinkel zuckten krampfhaft.
„Wenn du willst, kann ich anhalten…", der Vorschlag klang völlig vernünftig, wenn da nicht dieses Glühen in den grünen Augen gewesen wäre.
„Du Mistkerl! Das ist so unfair!"
„Was denn? Das du mich anziehend findest? Ich kann doch auch kaum die Finger von dir lassen. Also warum nicht?" Das Auto rollte an den Straßenrand.
Sie setzte sich abrupt auf: „Fahr weiter!"

Dieses unverschämte schiefe Grinsen! Doch er tat, was sie sagte. Allerdings vermutete sie, dass es an den anderen Autos lag, die immer wieder an ihnen vorbeikamen, und es helllichter Tag war.

Als das Haus der Woods in Sicht kam, stieg Freude in ihr auf. Nach dem Tod ihrer Mutter war dies das Heim gewesen, wo sie sich auch ausgeglichen und umsorgt gefühlt hatte.
Ein Zuhause.
An dem Morgen nach Halloween, an dem sie überstürzt gegangen war, hatte sie es geschmerzt, dieses Heim aufzugeben. Nun fuhren sie auf den kleinen Hof vor dem Eingang, auf dem außer dem Pickup die anderen beiden Autos standen. Luftschlangen lagen vergessen vor dem SUV. Seth warf einen abschätzenden Blick zur Eingangstür, als er ihr wissendes Lächeln sah, seufzte er nur: „Tu überrascht!"
Mit diesen Worten schnappte er sich ihre Handtasche und forderte sie wortlos auf, ihm ohne andere Dinge zu folgen. Vor Rührung wurde ihr Herz schwer, als sie das Banner in der Eingangshalle sah: „Willkommen". Doch als niemand auftauchte, drehte sie sich fragend zu Seth um. Sein Gesicht passte auch nicht zu seiner vorherigen guten Laune.
Seine Augenbrauen zogen sich zusammen und er ging an ihr vorbei in Richtung Wohnzimmer. „Mutter?", rief er laut, fast bellend. Paige kam von draußen ins Innere des Wohnzimmers gelaufen.
„Seth!", sie hastete auf ihren Sohn zu. „Ich weiß nicht..." Sie schüttelte den Kopf und zog die blaue

Strickjacke enger um sich. Auch wenn sie ruhig schien, war ihr schneller Schritt nicht umsonst gewesen.
Ihr Blick flog zu Mia: „Kleines!", der Ton klang schmerzlich und entschuldigend.
Seth packte sie an beiden Schultern, damit sie ihn ansah. „Was? Ist etwas passiert, Mom?"
Vor ihm konnte sie ihre Sorge nicht geheim halten.
„Mir sagt ja keiner was, aber Jackson war da, er sagte, dass er und seine Familie angegriffen worden sind. Schon wieder! Fergus ist mit Connor losgelaufen. Auch andere des Rudels waren da…"
„Ist jemand verletzt worden?", erkundigte er sich und sie konnte sehen, dass er im Geist bereits weiterdachte und Maßnahmen plante.
„Jacksons Bruder…", ihre Stimme stockte und Mia wusste, dass es übel sein musste.
Seth warf Mia einen bedauernden Blick über die Schulter zu. „Es tut mir leid. Deine Begrüßung habe ich mir auch anders vorgestellt."
Als sie sein Zögern sah, schüttelte sie eilig den Kopf: „Auch wenn ich es nicht verstehe…Geh einfach." Sie sah zu, wie er sein T-Shirt vom Körper riss.
Dann runzelte sie aber die Stirn: „Aber ich werde schon mal Fragebögen drucken, solange du weg bist."
Seth nickte nur und grinste schelmisch über ihre Drohung, als er bereits dabei war, sich die Schuhe auszuziehen. Sein breiter Rücken war ihr zugewandt und sie konnte eine blasse Spur von weißen Linien auf der gebräunten Haut sehen. Krallenspuren.
Anfängliche Panik schwirrte durch ihren Kopf, als sie zusah, wie er nun die Socken von den Füßen zerrte. Und ehe sie sich versah, stand der Varg vor ihr.

Gelbe Augen streiften ihre flüchtig.
Scheiße, er würde einfach so gehen! In eine Art Kampf, die sie nicht verstand. Angst überfiel sie, jedoch dieses Mal nicht vor ihm, sondern *um* ihn.
Durch die vielen neuen Entdeckungen – und es gab viel zu sehen an Seth - hatte sie nie über die Narben nachgedacht, die ihn verzierten. Hatte nie die volle Bedeutung erfasst. Aber es war klar, dass das zu Seths Leben gehörte und dieses bei weitem nicht ungefährlich war.
Er ging schon zur Terrassentür, als sie ihm nachstürzte. Sie erwischte seine Hand. Fühlte wie viel größer und kräftiger diese nun war.
Verwundert sah er zu ihr herunter, er betrachtete ihre Hände. Helle Haut zu schwarzem Fell. Aber Mia ließ sich nicht ablenken: „Du bist vorsichtig, oder? Du kommst wieder?", ihre Kehle war wie zu geschnürt, so dass die Worte fast zu dünn zum Hören waren. Mia schluckte hart und sah zu ihm. Versuchte ein Lächeln zu Stande zu bringen.
„Ich habe meine Sachen noch nicht einmal ausgeladen...", flüsterte sie bittend.
Seine Augen wurden schmal und sie kannte mittlerweile seine Gesichtsausdrücke gut genug, um zu wissen, dass es ein schmerzvoller Ausdruck war. „Mach dir keine Sorgen, ich bin schnell zurück!"
Er wollte sie berühren, zögerte jedoch. Darum tat sie es, sie hüpfte an ihm hoch und schlang ihre Arme um seinen Nacken. Augenblicklich fing er sie auf und drückte sie ebenso fest wie sie ihn. Schenkte ihr etwas Trost.
Und dann war er auch schon wieder weg.

Paige und sie blieben in besorgtem Anschweigen zurück. „Langsam glaube ich, dass das an mir liegt. Immer, wenn ich auftauche, passiert etwas. Aber das bilde ich mir bloß ein, oder?"
Paige schüttelte den Kopf, so dass ihr mittellanges, graubraunes Haar aus der großen Haarspange rutschte. Die alte Frau wirkte überhaupt ziemlich überfahren.
„Wer ist Jackson?", hackte Mia stattdessen nach.
„Das Rudel besteht im Kern aus unserer Familie. Aber schwächere Familien ohne starken Alpha wie Seth unterwerfen sich ihm, damit sie als Verbündete kämpfen. Sie sind Freunde, kann man sagen."
Mia wurde siedeheiß bewusst, dass sie tausend Fragen gehabt hatte, aber diese nie gestellt hatte. Überhaupt hatte sie nie nach den Kämpfen gefragte und sich nicht gefragt, wie gefährlich diese tatsächlich waren.
Das lag daran, dass in den zwei Wochen, als sie hier gelebt hatte, nie wieder etwas von Angriffen oder von der bloßen Nähe anderer Vargs gehört hatte. Aber offenbar hatte man das nur von ihr ferngehalten. Sie biss sich auf die Lippen. Seine Narben hätten ihr zu denken geben sollen. Sie zog die Stirn kraus.
„Mia, komm! Wir können ein paar deiner Sachen holen. Oder etwas essen…"
Sie zwang sich ein Lächeln ab, damit Seths Mutter sich nicht noch schlechter fühlte.
„Ich kann nichts essen. Seth bei der Fahrt zu zusehen machte mich völlig satt. Aber etwas Ablenkung ist schon gut…"

Besorgt und auch ärgerlich schleppte sie ihre Sachen mit Paige hoch. Sie verstauten alles in Seths Zimmer im zweiten Stock, was allerding eher einer Wohnung ähnelte. Das Schlafzimmer war gigantisch mit einem kleinen Bereich als Rückzugsort. Fernseher, Bücherregale, Sofas und ein kleiner Tisch. Gerührt musste sie feststellen, dass er alles aufgeräumt hatte und sogar ein kleines Geschenk auf dem Tisch neben dem Bett stand.
„Das Bad ist riesig", teilte ihr seine Mutter mit. Mia sah in das verbundene Badezimmer. Es war riesig! Genau so groß wie das Schlafzimmer. Und die Badewanne war selbst für zwei Personen mehr als ausreichende. Goldene Löwenfüße stützen die Wanne, die eindeutig eine Sonderanfertigung war.
„Und die andere Tür führt zu dem Arbeitszimmer. Beide Räume sind nur über das Schlafzimmer zu erreichen. Ihr habt also Privatsphäre. Immerhin ist das Haus erbaut wurden, um einem Rudel alles zu bieten. Und bei aller Liebe brauchen auch wir etwas Raum, um uns ab und zu auch mal voreinander verstecken zu können", erklärte Paige fröhlich.
Mia dachte an Seths und ihre gemeinsame Zeit, so dass sie zum Bett schielte. Sie fing sich aber wieder, da immerhin seine Mutter neben ihr stand.
„Machst du dir keine Sorgen mehr? Sie sind gerade..."
Paige winkte ab. „Sie sind große, starke Jungs. Das hier ist ihr Revier. Auch, wenn die anderen mehr sind. Die Chance, dass sie gegen Seth ankommen, ist unwahrscheinlich. Der Junge ist ganz wie sein Großvater."
Auch, wenn sie ihr die plötzlich sorgenfreie Geschichte

nicht abkaufte, sagte sie nichts mehr. Das war etwas, was sie mit Seth klären müsste.

Mia war gerade dabei alle ihre Klamotten im Schrank zu verstauen, nachdem sie seine auf eine Seite des Schrankes geräumt hatte, als die Tür aufging und Seth rein kam. Er trug immer noch nur die Jeans und lehnte sich, nachdem er die Tür geschlossen hatte, an den Türrahmen und beobachtete sie schweigend.
Ihr Rücken verspannte sich. Zu gerne wäre sie zu ihm gerannt, aber das Ganze hatte sie zurückgeholt in die Realität, die völlig anders war, als ihre eigene.
Klar, war der Umzug von Boston in einen unbekannten Ort, im Nirgendwo Maines schon eine gewisse Umstellung, aber sie kam sich eher so vor, als wäre sie von den USA in die Mongolei gezogen und hatte keinen Schimmer, was sie in der Ferne erwartete.
Seth kam zu ihr und nahm ihre Hände. Seine waren schwarz vor Erde. Ihr Blick blieb dran hängen. „Ich geh gleich ins Bad – Aber ich hatte möglichst schnell zu dir gewollt", murmelte er eilig zur Entschuldigung.
Prüfend sah sie in sein Gesicht. Er schien unverletzt und außer den schmutzigen Händen, sah sie nichts an ihm, was ihr nach einem Vorfall aussah.
„Sind alle heil?", erkundigte sie sich.
„Ja, es war weniger kritisch, als es sich anhörte. George, Jacksons Bruder, wurde zwar angegriffen, aber es waren nur Halbstarke Vargs von weit weg. Sie haben sich so zu sagen verlaufen und sind in Panik geraten, weil sie sich in unser Revier verirrt hatten. In ei-

nem anderen Revier hätte ihnen dadurch der Tod gedroht. Weswegen ihr Angriff auf George auch nur nachvollziehbar ist. Es war reine Verteidigung."
„Das klingt bei dir verständlich. Und dennoch bin ich sprachlos."
Sie trat von einem Bein auf das andere. „Kommt das oft vor? Die Kämpfe?"
Um ihre Worte zu unterstreichen, streckte sie die Hand aus und berührte eine weiße, eigentlich kaum sichtbare Narbe über seinem Rippenbogen. Zuvor war sie ihr gar nicht aufgefallen, aber im Eifer ihres Zusammenseins hatte sie auf so etwas nicht geachtet. Nun, geschärft durch den Vorfall und im hellen Licht sah sie die Male. Es waren nicht viele von vorne, aber sie kannte die narbigen Finger und seinen Rücken. „Davon hast du viele."
Seths Gesicht zuckte kurz. „Ich hab die Narben nie versteckt."
„Nein, ich war nur zu abgelenkt von dem Rest… Mein Kopf war beschäftigt genug mit all dem anderen, was du zu bieten hast. Und im Dunklen hab ich nie wahrgenommen, dass du ein wahrer Flickenteppich bist." Sie fuhr über die lange Narbe an seinem Bauch. Ebenfalls glatt und dünn. Kaum zu fühlen, aber da.
„Du darfst jetzt nicht an dem hier zweifeln. Ich war als Junge oft unachtsam. Die Narben stammen zum größten Teil aus meiner Anfangszeit, als ich mir meinen Rang erkämpfen musste."
Mia wollte ihn von sich schieben, aber es war so unmöglich, als würde sie versuchen, ein Auto von sich zu drücken, was auf ihr lag. „Seth!"

„Was?", murmelte er und rückte etwas von ihr ab. „Was ist das Problem? Ich habe nie ein Geheimnis daraus gemacht, dass es feindliche Rudel um uns herum gibt. Herrgott, bei deiner ersten Ankunft bist du Zeuge davon geworden!"
„Ja, aber ich war mit allem Möglichen beschäftigt. Mit der Möglichkeit, dass ich wahnsinnig bin. Oder dass ihr mich fresst."
Er schnaubte laut auf: „Ernsthaft? Fressen?"
Sie zuckte mit den Schultern.
Also gut, dass hatte sie nie von seinen Brüdern gedacht. Sondern nur von ihm... Und das zugegeben auf andere Art und Weise.
Er ging an ihr vorbei zum Bad, aber sie folgte ihm. Sorgfältig wusch er sich die Hände. Schrubbte sie mit einer Bürste ab.
Revier. Rudel. Wild.
Es war, als wäre er ein richtiger Wolf. Seth bemerkte ihren Blick und sah ihr durch den Spiegel in die Augen. „Keine Sorge."
Toll, er wollte nicht darüber reden. Sie warf geistig die Hände in die Luft.
Etwas schmollend stapfte sie ins Schlafzimmer.
„Mia!", er fasste sie am Handgelenk. „Es ist für uns beide neu! Nicht nur für dich."
Sie blinzelte. „Das weiß ich doch."
Er ließ sie los und kratzte sich am Nacken. „Ich will dich nicht wieder verängstigen oder abschrecken."
Sie wusste nicht, was sie dazu sagen sollte. „Es ist keine Ablehnung mehr. Sondern nur Angst um dich. Ich will nicht, dass dir etwas passiert."

Mit gerunzelter Stirn beugte er sich zu ihr herunter, biss ihr spielerisch in die Unterlippe. „Gut, aber ich gelobe, dass das unnötig ist! Auch, wenn du dich gerne um alles sorgst und wie im Hotel managest. Ich mache meinen Job gut. In beiden Welten."
Dann ging er zum Nachtisch und reichte ihr das kleine Geschenk mit goldener Schleife.
„Für dich", sagte er nun sanft und hielt es ihr auf der nach oben gedrehten Handfläche hin.
Eilig küsste sie ihn, um sich dann beim Rückzug das kleine Päckchen zu schnappen. Es war eine kleine Schmuckdose und als sie es öffnete, musste sie über das leicht kitschige Geschenk grinsen. An einer sehr schmalen, filigranen Goldkette waren zwei Anhänger. Ein winziger Wolf und ein ebenso winziges Kaninchen.
„Das ist niedlich."
„Das sind wir", sagte Seth lächelnd und griff in ihr hellbraunes Haar, um ihren Kopf zu sich zu ziehen. Der Kuss war langsam, fast träge. Er kostete sie mit eine Ruhe, die sie nur noch mehr anfeuerte, und sie lehnte sich an seine große Gestalt, was sich anfühlte, als würde man sich gegen eine Statur kuscheln.
Er schnurrte darauf aber nur freudig und ließ eine Hand aus ihrem Haar runter über ihren Rücken zu ihrem Po wandern. Den schien er außerordentlich zu mögen und legte seine große Hand besitzergreifend darauf.
Diese ruhige Art drängte sie dazu, dass sie sich an ihm hochzog und ihre Zunge in seinen Mund schob. Sie hielt es nicht aus, auf ihn zu warten. Gierig lutschte sie an ihm und genoss ihn mit allen Sinnen. Er schmeckte

nach Mann, Feuer und etwas, was sie nur als *Mehr* bezeichnen konnte. Sie hatte es zu eilig und stieß mit den Zähnen gegen seine, aber anstatt zu lachen, knurrte er nur angefeuert auf. Mia lächelte in sich hinein.
Andere Männer würden ihr nie wieder gefallen. Außer dass er umwerfend aussah, sie tatsächlich zu lieben schien und mehr als außergewöhnlich war, bewunderte sie seine Ruhe und seine Ausdauer. Alles, was er tat, tat er gründlich und vor allem, so wie er es wollte. Aber er schien nichts dagegen zu haben, wenn sie sich austoben wollte und sich seiner bediente. Ihre Finger fuhren durch sein mittlerweile recht langes Haar. Sie liebte es auf ihrer Haut und sie atmete seinen Duft ein. Waldboden, Hitze und Salz.
Nun schlangen sich seine Arme um ihre Taille und er setzte sie auf seine Hüften, so dass er mit ihr auf sich sitzend in ihrem neuen Schlafzimmer stand und sie küsste. Er hielt ihr komplettes Gewicht, während er durch die Küsse unmöglich Luft bekommen könnte. Aber Seth schien, dass nicht zu stören. Er senkte nur den Kopf und schob seine Zunge noch tiefer und drängender in ihren Mund. Ihre Lippen waren geschwollen und seine Bartstoppel kratzten über ihr gerötetes Gesicht. Aber das machte es nur noch besser.
Um mehr von ihm zu haben, schob sie eine Hand zwischen ihre Körper. Da er nichts am Laib außer tiefsitzenden Jeans trug, konnte sie ungestört ihre Nägel in seine Brustmuskeln drücken. Das führte sofort dazu, dass er energisch an ihrer Hose riss. Mit wenigen Bewegungen, die an Magie grenzten, zog er sie beide aus, wobei er sie immer noch an sich gepresst hielt.

Dann hob er sie so hoch, dass sie auf ihn herabsehen konnte.

Ihre Brust hob und senkte sich schwer, als sie ihn heiß und hart an ihrem Eingang fühlte. Ihre Augen trafen sich und sie sah, dass unter seinen halb gesenkten Lidern die Iris glühend grün war. Seine Vargaugen sahen sie begierig an.

Ihre Antwort bestand darin, dass sie den Kopf senkte und ihn nun zärtlich küsste. Seine volle Unterlippe liebkoste, die sie zuvor so beansprucht hatte, dass sie glaubte Blut zu schmecken. Er wiegte leicht die Hüfte vor und zurück, so dass er sich an ihr rieb. Seine Rückenmuskeln waren unter ihren Händen wie Stein. Ihre Beine zitterten um seine Taille geschlungen. Um nicht abzurutschen, hatte Mia die Fersen hinter ihm verhakt und in seinen festen Po gerammt. Sie selbst würde vor Erregung nicht mehr stehen können.

Seth würde aber nicht umfallen, wenn sie es im Stehen taten. Vermutlich merkte er es kaum. Sein Blick sagte ihr zumindest, dass er jedenfalls nicht aufhören würde.

Er zuckte, als sie die Bewegung mitaufnahm und ihn aufforderte. Ein raues Knurren entwich seiner Kehle: „Ich kann nicht warten, auch wenn ich mir vorgenommen habe, dich beim nächsten Mal anständig zu nehmen. Mit allem Drum und Dran. Aber das wird nie klappen, wenn du mich so wild machst..." Seine Augen senkten sich auf ihre Brüste, die nackt gegen seinen Brustkorb gedrückt wurden.

„Wenn dass hier nicht anständig ist, dann weiß ich auch nicht weiter", keuchte sie. Dann schlang sie ihre Arme eng um ihn, rieb ihre Nippel über seine erhitzte

Haut und lächelte auf ihn hinab, als seine Finger sich augenblicklich in ihren Po drückten und sie in Position brachte.

„Ich liebe dich, Mia", brachte er nur grollend hervor und sie sah Reißzähne unter geschwollenen Lippen vorbeilugen. Ihr Herz raste und sie wusste, dass er alles für sie war.

Kapitel 10

Die nächsten Tage waren so geschäftig, dass sie ihn kaum sah. Seth arbeitete mehr, als sie gedacht hätte. Er war oft in der Werkstatt oder arbeitete im Büro an Entwürfen.
Dafür waren die anderen nun um sie herum und hießen sie willkommen. Sie holten bei einem Abendessen ihre Begrüßungsfeier nach und sie verbrachte viel Zeit mit Bekka, die mit Connor überhaupt nicht mehr im Haupthaus wohnte. Sie hatten jetzt ein kleineres Häuschen für sich alleine. Connor hatte es mit einigen Männern aus dem Rudel im Laufe des letzten Jahres aufgebaut und nun eingerichtet.
Cam und Zayn waren viel zuhause, aber Zayn vergrub sich in seinem Zimmer und Cam schien irgendwie anderweitig beschäftigt. Paige teilte ihr irgendwann flüsternd mit, dass es da wohl ein Mädchen gab. Der Junge hatte also seine eigenen Probleme.
Menschenmädchen schienen das so an sich zu haben...

„Ich habe Rosa für morgen eingeladen", platzte Cam raus, als mal alle vollständig am Tisch saßen. Er saß da und starrte auf seinen noch vollen Teller. Das Cam nichts aß, war wohl mehr als genug Beweis für seine Nervosität.
Conner, der sich trotz eigenem Haus hier immer wieder mit Bekka blicken ließ, schüttelte den Kopf. „Cam... Wir haben doch abgemacht, keine Menschen hierher mitzunehmen. Was ist, wenn ein verwandelter Varg aus dem Rudel auftaucht? Außerdem bist du noch sehr jung und kannst es nicht ganz kontrollieren, wenn du

mit ihr…äh…" Er räusperte sich verlegen. „Du bist erst sechszehn…", schloss er dann eilig.
„Kann ich wohl!", knurrte Cam auf, wobei seine Reißzähne auftauchten. Womit er sich selbst unglaubwürdig machte. Mia war seit ihrem Einzug bewusste geworden, wie sehr sich die Woods vor vier Monaten zurückgenommen hatten, damit sie nicht durch ihre Andersartigkeit beunruhigt wurde. Klauen und Krallen waren auch in menschlicher Gestalt Gang und Gebe.
Cam bemerkte sein Malheur und saß eingesunken da: „Ich werde mich benehmen. Ich bin in der Schule den halben Tag mit Menschen zusammen. Es geht sehr wohl!"
Seth schüttelte den Kopf, während er seinen kleinen Bruder genau ins Auge fasste.
„Dennoch bringst du sie nicht mit her. Triff dich mit ihr woanders, aber nicht in den Tagen der besonderen Mondnächte. Und nicht alleine. Und nur maximal zwei Stunden."
Wow, das waren einige Vorsichtsmaßnahmen! Mia musterte Seth, aber er saß völlig ungerührt da und sie fragte sich, ob er als Teenager Mädchen getroffen hatte.
„Aber Mia ist auch hier! Sie ist ein Mensch!", brüllte Cam und sprang auf.
Seths Augen fixierten sie und Mia wünschte sich, dass sie sich auflösen könnte, als alle sie schweigend ansahen. Sie war das beste Gegenargument.
„Sie ist auch meine Frau." *Frau?*
„Und Rosa meine feste Freundin!"
„Oh, Cameron das wusste ich gar nicht!", rief Paige aus.

Alle verstummten. Cam wirkte niedergeschlagen.
„Bitte lasst mich sie hierhin mitnehmen. Sie will meine Familie kennenlernen und…"
„Cam, in zwei Tagen ist Neumond…"
„Es ist ein Tag vorher… Und Neumond ist nicht so tragisch wie Vollmond. Das geht!", er argumentierte lautstark. Seth seufzte nur und regte sich kein bisschen.
„Was ist, wenn sie nur eine Stunde kommt? Und wir gehen nicht auf mein Zimmer…", er klang verzweifelt.
Bekka stieß Connor an. Die beiden tauschten Blicke aus. „Seth?", begann sie.
Er sah seine Schwägerin verwundert an. „Lass das Mädchen kommen. Du kannst es ihm nicht verbieten, wenn du Mia hast und Connor mich hat!" Sie sah zu Cam rüber: „Du musst aber wissen, dass es ein Unterschied ist. Sowohl Mia als auch ich sind so hineingerutscht, was vermutlich nur passiert ist, weil unsere Eltern eng mit dem Rudel verbunden sind."
Cams Schultern sackten ein. „Ich weiß, dass es ein Unterschied ist. Ich will nicht provozieren, dass sie es herausfindet, aber ich mag sie wirklich sehr. Und sie hat gefragt, ob wir irgendwas verstecken. Ich will nur, dass sie sieht, dass wir normale Leute sind."
Nur dass sie das eben nicht waren und gerade das versteckten.
Aber sie verbiss sich den Kommentar, da sie wusste, was er meinte.
Paige verdrehte die Augen: „Außerdem wart ihr beiden auch mal Teenager und euer Vater hat hin und wieder mal ein Auge zugedrückt. Ihr seid strenger als er. Immerhin hatte Connor Bekka. Und du hast auch Mädchen getroffen, Seth."

Seth zuckte zusammen und warf Mia wieder einen Blick zu, worauf sie nur grinsen konnte. Na, sieh mal einer an. So brav war er nicht gewesen.
Seth sah zu seiner Mutter. „Von mir aus!", gab er sich geschlagen. „Ich sehe nur eine Gefahr darin, dass sie dann öfters kommt… Und andere sich dann auch trauen, ohne Einladung auf unser Grundstück zu kommen. Sie könnten uns sehen oder auch zu nah an einen wilden Varg kommen, der hier herumschleicht."
Ihre Nackenhaare stellten sich auf. Wieso klang es nun auf einmal wieder so viel gefährlicher?

Cams Freundin kam. Rosa war ein unfassbar niedliches Geschöpf. Sie plapperte viel - mehr als Cam – und war äußerst freundlich. Sie versuchte mit allen zu reden und wollte Paige unbedingt beim Kochen helfen, als diese sie fragte, ob sie zum Essen bleibe.
Cams Mutter kochte heute zur Fassade nur menschliche Portionen Kartoffelgratin und war deswegen eh unterfordert, aber für Rosa war es - wie für Mia am Anfang - eine immer noch große Sache, wenn für so viele Personen gekocht wurde. Weswegen sie dachte, es müsste viel zu tun geben und sie sollte besser besonders viel helfen.
Während Rosa eifrig um Paige am Herd herumeilte, wie ein Geier der auf Reste wartete, deckten Bekka und Mia schweigend und extra langsam den Tisch, damit Cams Freundin auch tatsächlich etwas tun konnte.
Cam war oben im Bad, wobei Mia das Gefühl hatte, dass er oben von Seth, Fergus oder Connor – oder gar von allen - in die Mangel genommen wurde.

„Cam ist der hübscheste Junge in der Klasse!", flötete Rosa nun mit leuchtenden Wangen. Verlegen strich sie ihr hüftlanges, blondes Haar zurück. „Deswegen war ich wirklich verblüfft, als er mich ansprach!" Ihre Wangen glühten.
„Wie kam das denn?", hakte Bekka höflich nach. Sie unterdrückte ein Grinsen. Sie alle fragten sich, ob sie Zayn nicht gesehen hatte... Da die beiden Jungs nur ein Jahr auseinander waren, gingen sie in die gleiche Klasse.
Oben gab es ein Poltern. Nach den letzten Tagen in diesem Haus, ohne dass die Woods auf Zehenspitzen um sie herumliefen, hatte sie gelernt, dass sie wirklich alles hörten. Diese Ohren waren nicht zu umgehen. Selbst Paige und Bekka bekamen alles mit. Weibliche Vargs waren in den Sinnen genauso gut wie die männlichen.
„Naja, wir waren im Kino. Und da lief dieser Film mit den Vampiren. Und es gibt auch einen Werwolf. Alle meine Freundinnen stehen mehr auf den Vampir, aber mir gefiel der Werwolf und als er fragte, sagte ich das. Und so sind wir ins Gespräch gekommen", erklärte sie abgehackt.
Bekka und Paige glotzten unverhohlen die kleine, immer redende Blondine an. Cams Füße trommelten die Stufen herab, er kam eilig rein und zog Rosa mit sich fort. Seine Wangen waren verräterisch rot.

Es war früher Abend als Rosa ging. Seth uns Mia standen draußen und sahen zu wie Cam mit ihr davon fuhr. Die Tatsache, dass er erst seit ein paar Wochen Auto

fahren durfte, schien nur Paige und Mia nervös zu machen.
„Sie mochte den Werwolf lieber", murmelte Mia, als ihr Gesicht die Abendsonne fing.
Seth runzelte die Stirn: „Was?"
„Naja, in diesem Teenagerfilm – die Liebesgeschichte mit dem Vampir und dem Menschenmädchen. Da gibt es wohl auch einen Werwolf. Und Rosa mag halt den Werwolf mehr als den Vampir, den sonst alle anhimmeln", erklärte sie ohne ihn anzusehen.
Seth beugte sich über sie und zog frech an einer ihrer Haarsträhnen: „Du kannst ruhig sagen, dass du Twilight gesehen hast, Rabbit. Das hab ich nämlich auch."
„Ich kenne den Film nicht!", beharrte sie hoheitsvoll.
Lachend zog er sie zu sich und küsste ihre Stirn, bevor er sie umdrehte und an seine Brust zog. „Weißt du, ich bin mir darüber bewusst, dass ich verdammtes Glück mit dir habe. Auch wenn ich es nicht ausprobiert habe, kann ich mir nicht vorstellen, dass viele Menschenfrauen wie du reagiert hätten. Wir hatten zwar einen miserablen Start und trotzdem bist du in unser Haus gekommen. Die Angst vor uns habe ich dir nie übel genommen. Und... nicht jede würde so etwas wie mich, als ihren Freund akzeptieren. Egal, ob Vampir-Werwolf-Lovestorys gerade populär sind." Seine Arme umfingen sie fest und sein Kinn lag auf ihrem Kopf, so dass sie sein Gesicht nicht sehen konnte.
„Ich weiß nicht, ob ich wirklich ein außergewöhnliches Opfer bringe, wenn ich mit *sowas wie dir* zusammen bin. Als Mensch siehst du wirklich verboten aus."

„Verboten?", brachte er mit gespielter Überraschung hervor, da er genau wusste, wie er bei der Damenwelt an Nicht-Vollmond-Nächten ankam.
Sie gab ihm einen Klaps auf die Finger, die er vor ihrem Bauch verschränkt hielt. „Ego-Alarm", knirschte sie.
Doch Seth schmiegte sich nur noch enger an sie.
Eine Weile standen sie schweigend da, während es immer dunkler um sie herum wurde.
„Aber du magst mich auch, wenn ich ein Varg bin…", murmelte er so leise, dass sie es fast nicht hörte. Sein Mund drückte sich an ihren Hals. Ein heißes Gefühl breitete sich rasend schnell in ihr aus.
Dann rückte er plötzlich von ihr ab.
Sein Gesicht war nachdenklich, als sie sich zu ihm umdrehte. „Was ist mit dir los?"
Seth schob die Hände in die Taschen und trat etwas zurück. „Dass ich Cam Besuch erlaubt habe, das hätte mein Vater nie getan. Auch wenn meine Mutter behauptet, dass mein Vater ab und zu lockerer war. Wir durften nie Mädchen - oder überhaupt jemanden - mit nach Hause bringen. Wir mussten auch nach der Schule sofort nach Hause. Außerdem hieß es, dass wir zum Teil Privatunterricht bekommen, damit nicht auffiel, wenn wir in der Schule aufgrund der Verwandlungen fehlten. Es war die seltene Ausnahme, dass wir weggehen durften."
Mia wurde seltsam traurig. Es war ein schöner Abend. Die Sonne ging langsam hinter dem angrenzenden Wald unter und die Vögel sangen. Und dann war da Seths grimmige Miene.

„Hast du sehr darunter gelitten?", fragte sie leise. „Immerhin hast du all die normalen Dinge tun wollen, die Kinder und Teenager eben machen wollen."
Grüne Augen richteten sich langsam auf sie. „Du meinst, weil mein Leben immer kompliziert war? Und keiner meiner Bekannten und Freunde mich wirklich kennt? Das hat mich immer gestört. Ich hasse es, dass ich das, was sich bin, verstecken muss."
Sie streckte eine Hand nach ihm aus und zog ihn zu sich, ohne dass er die Hände aus den Taschen nahm. „Vor mir musst du das nicht."
Seine Augen leuchteten gelb auf und sie sah in sein wölfisches Gesicht. Selbst als Mensch hatte er zwei Gesichter. Das eine war für die Öffentlichkeit und das andere war er, wenn er sich nicht zügelte. Die Augen wurden gelbgrün. Die Pupillen wurden schmal und standen senkrecht. Die Wangenknochen und Kieferknochen wurden ausgeprägter und seine Ohren spitz. Außerdem zeigten sich Reißzähne.
„Und du? Irgendwas sagt mir, dass du auch mal auf wilden Partys warst." Nachdenklich spielte er mit ihren Fingern. Bewundernd sah Mia auf seine schönen, gebräunten Hände und rieb mit dem Daumen über eine der vielen kleinen Narben. Sein Leben war wirklich völlig anders als ihres. Aber auch als das aller anderen Menschen. Dann stellte sie sich auf die Zehenspitzen und küsste ihn sanft auf das Kinn.
„Du weißt, dass ich immer brav war! Meine sündigsten Leidenschaften sind kitschige Liebesfilme und Schokolade", neckte sie ihn, um die Stimmung abzuschütteln. Abgesehen davon war sie wirklich zum Verzweifeln brav gewesen...

Ihre Mutter und Lehrer hatten immer darauf gewartet, dass sie irgendwann etwas Verbotenes oder Dummes tat. Aber das war nie passiert. Vermutlich, weil sie sich alles für ihr Leben mit Seth aufgehoben hatte.

Jeder Mensch hatte wohl nur ein gewisses Anrecht auf Verrücktes. Es gab eine Punkteskala, die irgendwann voll war. So wie zum Beispiel Alkoholtrinken als Minderjährige einen halben Punkt auf der Skala war, während sich unter Drogeneinfluss ein Einhorn auf den Arsch tätowieren zu lassen zwei Punkte waren. Ihre Skala war jungfräulich gewesen, bis Seth gekommen war. Einen Varg treffen, zehn Punkte. Einen Varg daten, zwanzig Punkte. Und so weiter...

„Nichts Verrücktes?", hakte er nach. „Nun komm schon. Ich war mit dir im Bett, du kannst auch anders. Da sind bösartige Züge in dir." Er rieb sich kurz wissend über die Unterlippe, die Mia schon blutig geküsste hatte.

Sie zog die Augenbrauen hoch. „Ich war immer artig. Der Fluch meiner Mutter. Sie war manchmal kurz davor, mir eigenständig einen Joint zu kaufen."

Seine Mundwinkel zuckten. „So betrunken im Restaurant sagtest du mir aber, dass du deinem Ex-Freund mal vorgeschlagen hast, Rollenspiele zu spielen. Du wolltest die Flugbegleiterin sein und er... Oder war es anders rum?"

Sie riss die Augen auf, als ihr der Abend im italienischen Restaurant wieder einfiel, der nach wie vor in einer Dunstglocke lag. *Was hatte sie ihm damals alles gesagt?*

„Das hast du dir bis jetzt aufgespart?", gab sie ausweichend zurück.

„Ich dachte, es kommt noch der Moment." Er zuckte träge mit den breiten Schultern. „Und wie war das mit…" Sie legte ihm die Hände auf den Mund.
„Hör auf!", sie sah sich hektisch zum Haus um. Diese Familie hört alles!
Seine Lippen zuckten unter ihren Fingern. Ein erotisches Kribbeln ging durch ihren Magen. „Dann gib mir eine andere, nicht brave Sache, der ach so sorgfältigen, ängstlichen Mia Ashcroft. Sonst plaudere ich alles aus." Er sah sich selbstgefällig zum Haus um, als würde er wissen, dass sie alle die Ohren spitzen.
Mia reckte ihr Kinn: „Ich habe mal Socken geklaut."
„Mh, ein wahres Verbrechen. Obwohl ich mich frage, wieso eine reiche Millionärstochter Socken klauen muss."
Sie verdrehte die Augen: „Zugegeben ich hatte alles im Überfluss, aber Geld war nie interessant. Ich bin da einfach nicht empfänglich für. Meine Mutter auch nicht. Wir hatten keine Snob-Freunde und ich hab es in der Schule nie raushängen lassen. Vielleicht hätte ich dann mehr Freunde gehabt…", gab sie etwas wehmütig zu.
„Dann aber die falschen." Er griff nach ihren Ohren und hielt sie fest. „Deine Ohren sind so süß."
Ihre Augen wurden schmal. „Gut, ich habe die Socken geklaut, weil sie aussahen wie Spidermans Kostüm und ich war vierzehn. Irgendwie war es mir zu peinlich, mit denen zur Kasse zu gehen."
„Schwäche für Männer in Kostümen… Die Liste der unartigen Dinge wird immer länger, Rabbit. Also wirklich."

Ärgerlich knuffte sie ihn. Er gab ein gespieltes Uff von sich. „Hör auf, mich für meine Ohren zu ärgern!", warnte sie ihn.
Seine grünen Augen funkelten. „Nein, denn ich vergöttere sie. Eigentlich alles."
Ihr Herz schmolz, als sie begriff, was er sagte. Zärtlich küsste er sie. Strich mit den Lippen über ihren Mund. „Einfach alles zum Fressen süß!"
Sie lachte auf und schlug wieder nach ihm, aber er küsste sie nun lachend etwas fester.

In der folgenden Woche mietete sie ein kleines leerstehendes Ladenlokal im Ort und begann es mit einigen Angestellten auf Vordermann zu bringen. Und überhaupt lebte sie sich so schnell ein, dass sie vor Glück platzen wollte. Alles lief bestens und es konnte nicht besser werden.
Ende April standen sie kurz vor der Eröffnung des kleinen Cafés, was es in dieser Form hier im Niemandsland noch nicht gab. Heute liefen allerdings nur Woods herum, die Tische und Stühle schleppten, als wären es Pappkartons. Sie stand unnütz herum und staunte nur, dass das ihr erstes eigenes Mini-Unternehmen war, was sie ohne ihre Mutter aufgebaut hatte. Wenn auch nach ihrem Vorbild. Langsam nahm es Form an. Irgendwann hielt Seth grinsend vor ihr an: „Was ist?"
„Ich staune einfach. Außerdem stehe ich im Weg, wie Fergus sagt..."
Seth blinzelte und blickte kurz ärgerlich zu ihm rüber, der nur ausdruckslos zurückstarrte. Dann aber den Kopf senkte. „Das tut mir leid, Rabbit. Es ist dein Laden."
„Nein! Ich bin doch froh, dass ihr mir helft!"

Er runzelte die Stirn und wies hoch auf die Decke.
„Magst du ein Deckenbild?"
„Mh?" Sie betrachtete die strahlend weiße Decke des Lokals.
„Wenn du willst, kannst du die Decke mit Bekka bemalen."
Sie sah ihn verwundert an. Dann musste sie grinsen. „Du veralberst mich?!"
„Nein, du kannst gut zeichnen und Bekka liebt so was. Sie hat wirklich künstlerisches Talent. Der Laden hätte dann eine individuelle Note. Also?"
„Du suchst nur eine Aufgabe für mich", schmollte sie.
Aber letztendlich bemalte sie die Decke mit Bekka und auch Cameron, der unfassbar kreativ war. Seine Ideen waren unglaublich gewesen. Und Bekka setzte sie perfekt um. Sie malten etwas sie eine Teeparty im Wolkenland. Es war kitschig und einfach nur schön. Da sie sich nur auf die zentrale Stelle im Café konzentrierten, dauerte die Malarbeit nur wenige Tage.
Der Laden würde sogar in Boston Erfolg haben, da war sie sich sicher. Es war perfekt.

Von wegen! Es kam niemand! Nicht einmal neugierige Gesichter an der Tür. Alle zwölf der kleinen runden Tische blieben konsequent leer.
Es war eine Wochen seit der Eröffnung und Mia saß alleine in ihrem Café. Sie hätte heulen können. Doch dann ging die Tür tatsächlich auf und eine Frau kam rein. Mia schätzte sie auf Anfang Vierzig. Sie war groß, schlank und trug eine karierte Hemdbluse und enge Jeans.

„Sind Sie die Besitzerin?", fragte sie ohne Begrüßung und ohne sich offenbar setzen zu wollen. Sie war groß, hager und hatte braunes, dickes Haar.
„Ja. Wie kann ich Ihnen helfen?" Sie freute sich über einen Menschen in ihrem Café, aber unterschwellig wusste sie, dass das nichts Gutes war.
„Sie sind seine Verlobte, nicht? Von diesem Barbar."
Sie zuckte zusammen. „Wie bitte?"
Sie und Seth waren nicht verlobt... Und Barbar!?
„Die Familie lebt hier schon lange. Es sind Monster", sagte die Frau mit klaren, unmissverständlichen Worten. Blaue Augen sahen sie direkt an.
Ihr wurde eiskalt. Es konnte niemand wissen!
„Wie meinen Sie das?", fragte sie perplex.
„Es werden immer wieder Leichen in den Wäldern, nahe Ihrem Haus gefunden. Sie werden von Wölfen gerissen, nur dass es hier keine Wölfe mehr gibt!"
Mia war schlecht. Schweiß rann über ihren Rücken und ihre Hände verkrampften sich.
„Mädchen, Sie scheinen normal zu sein. Also lassen Sie Seth Wood in Ruhe und gehen Sie, solange Sie noch können! Wenn Sie Hilfe brauchen, dann kommen Sie zu mir. Ich arbeite bei Logan im Werkezugladen."
Dann ging die Frau. Die Tür fiel bimmelnd ins Schloss.

Mit verkrampften Händen blieb Mia an ihrem Tresen sitzen. Es wurde neun Uhr abends, so dass es dunkel wurde und nach der Frau kam niemand mehr. Ab und zu gingen Menschen an den Fenstern vorbei. Aber keiner kam hinein.
Man mied das Café wegen ihnen. Das hätte sie annehmen können, aber die anderen gingen auch ihren Jobs

nach. Kunden kamen in die Autowerkstatt. Kinder frugen Connor um Hilfe in der Bibliothek. Die Woods wurden privat vielleicht gemieden und man zerriss sich die Mäuler über sie, aber sie wurden nicht wirklich ausgegrenzt. Man ließ sie arbeiten und hier leben.
Leichen wurden gefunden…
Sie hatte keine Ahnung, wie sie das Gesagte einschätzen sollte. Ihr Herz glaubte es nicht, so dass ihr erster Impuls Zorn gewesen war.
Aber wer sagte, dass es nicht stimmte? Sie zweifelte nicht an Seth und seinem Rudel, auch wenn sie nur wenige von ihnen getroffen hatte. Die kleinen Familien wohnten teilweise sehr zurückgezogen und blieben noch mehr unter sich als die Woods. Aber da draußen waren mehr Vargs unterwegs und sie wurden nicht zu Unrecht nur die „Wilden" genannt. Sie waren Menschen gegenüber ablehnend und aggressiv.
Sie zermarterte sich das Hirn, bis die Tür aufging und die Glöckchen klingelten.
Es war Seth. Er blieb wie angewurzelt stehen, als die Tür hinter ihm wieder zu fiel. Sie lebte lange genug mit ihm, um zu wissen, dass er es wahrnahm. Sowohl ihre Angst als ihre Traurigkeit. Doch dann legte er den Kopf auf diese wölfische Art schief und ging auf sie zu. Der lange, muskulöse Körper angespannt. Die Hände stark, narbig. Die Füße in den Boots dröhnten schwer auf dem Boden. Die Augen glommen auf.
Alles an ihm schrie: Raubtier. Und das führte dazu, dass plötzlich eine Welle von Panik über sie zusammenbrach. Schwächer als früher, aber dennoch kurzweilig da.

Was war, wenn die Anschuldigungen wahr waren? Sie sah, wie seine Augen sich weiteten und er versteinerte.

Seth wusste, dass sie Angst hatte. Gequält zog er die Hand zurück, die er nach ihr ausgestreckt hatte. Schnell schüttelte sie den Kopf, schüttelte das Gefühl ab.

„Was ist mit dir?", fragte er flüsternd. Er ging vor ihr in die Knie. Machte sich für sie kleiner. Er wusste, dass seine Präsenz ab und zu diese Wirkung haben konnte.

„Es kam eine Frau… Eine Frau, die sagte, dass ihr Monster seid. Ich… ich wusste nicht, was ich sagen sollte. Ich stand nur da und sah sie an. Unfähig dich zu verteidigen. Und sie sagte, dass Leichen gefunden worden sind, die offiziell von Wölfen gerissen wurden. Wart ihr das?"

Sie wagte nicht, ihn anzusehen.

Regungslos verharrte er in der Hocke vor ihr. Als sie dann schließlich aufsah, brach sie sofort in Tränen aus. Seine Haut war aschfahl.

„Es tut mir leid!", brachte sie hervor. Aber sie konnte nicht zu ihm blicken und es auch nicht zurücknehmen.

„Glaubst du, was sie sagt? Das wir das waren? Das wir Menschen töten?"

Sie verbarg ihr Gesicht in den Händen. „Ich weiß es nicht. Du bist so stark. Wenn du wolltest, würde dich nichts halten. Und du bist… du hast eine animalische Seite. Und zwar eine Raubtierhafte. Ist Töten da nicht normal für dich?"

Gott, sie fühlte sich mies, noch während die Worte über ihre Lippen kamen. Aber sie konnte es nicht stoppen. Zu lange hatte sie die Gedanken wie Mühlsteine gewälzt.
Seine Hände griffen sie hart an den Oberarmen und rissen sie hoch. Ihr Gesicht genau vor seinem. Er rüttelte sie leicht.
„Sag mir, dass du das nicht denkst!"
Er hatte die Zähne gefletscht. Das Gesicht schmerzlich verzogen.
„Ich weiß gar nichts mehr…!", schrie sie. „Ich denke nicht, dass du Menschen tötest, Seth. Das tue ich nicht. Aber feindliche Vargs bekämpfst und tötest du, oder?"
Seine Augen leuchteten auf und weiteten sich. „Verurteilst du mich dafür?"
Etwas schlug in ihr auf, zerbrach auf Granit. Laut.
Es wurde schwarz um sie.
„Wie oft?", brachte sie mit Mühe hervor. Ihr war übel.
„Immer, wenn es nötig ist. Das sind unsere Regeln."
Sie schlug um sich, wollte von ihm weg. Aber es ging nicht. Er fasste nach ihrem anderen Arm. „Mia! Mia!? Bitte, es ist nicht so wie bei euch."
„Aber du sagtest, dass du menschlich bist - menschlich fühlst und denkst! Dann sind sie es doch auch! Sie haben auch Gefühle und können reden und all das! Wie kannst du nur!?"
„Sie sind *nicht* wie wir! Sie nehmen nie menschliche Gestalt an! Niemals. Sie können es meistens nicht einmal mehr. Deswegen hassen sie uns, weil wir in ihren Augen unwürdig sind. Oder sie uns schlicht als Gefahr

sehen. Sie machen Jagd auf *uns*! Sie kommen in *unser* Revier! Wir sind für sie Abschaum und Freiwild."
Er ließ sie los und wischte sich hart über den Mund.
„Sie sind wütend, weil wir menschliche Partner nehmen. Ich dich wie Connor zuvor Bekka. Es kommt immer wieder vor. Dein Großvater…" Sie zuckte zusammen. Dieses Detail vergaß sie oft, aber es spielte in ihren Erinnerungen und ihrem vorherigen Leben keine Rolle. Sie hatte ihren Großvater nie kennengelernt. Ihr Vater und ihre Mutter hatten nie darüber gesprochen. Aber auch sie trug das Erbe in sich. Ihre hellbraunen Augen, die fast gelb waren und die Tatsache, dass sie wie Vargs nie krank wurde.
Er ging von ihr weg und begann auf- und abzulaufen. Sie fühlte, wie er versuchte, ruhiger zu werden. Doch er scheiterte zerknirscht.
„Mein Vater wurde von ihnen getötet. Wusstest du das?"
Sie schüttelte den Kopf.
Nein, nach wie vor gab es so viel, was sie nicht über ihn und seine Art wusste.
Seth sprach weiter, als sie nichts sagte. Aber ihr Kopf war zu voll. Es schmerzte sie für ihn, aber kein Wort kam über ihre Lippen.
„Sie sind nicht wie wir, Mia. Sie sind Raubtiere und zwar nur das. Zugegeben sie sind sehr intelligent und verstehen meistens unsere Sprache, aber sie haben keine Zivilisationsideen. Sie wollen es auch nicht."
Er kam mit schnellen Schritten auf sie zu: „Varg ist nicht gleich Varg. Vielleicht ist der Grund für unsere Menschlichkeit, dass wir uns bereits vor Jahrhunderten mit Menschen paarten. Wie auch immer es dazu

kam! Aber heute sind Vargs nicht mehr gleich… - Ich wünschte, ich hätte ein Wort für sie. Wir nennen sie die Wilden, aber das sagt nicht alles."
Kraftlos sah er sie an. „Wir töten sie, um uns vor ihnen zu schützen. Wenn ich einen von ihnen töte, dann weil ich nicht sterben will und weil ich die Meinen beschützen muss."
Sie sah in sein ernstes Gesicht, was kein bisschen mehr menschlich war. Er war zu wütend und zerrissen. Eilig sah sie zum Fenster um die Ecke. Man konnte sie hier nicht sehen. Seths Gesicht war vor fremden Augen geschützt.
„Gibt es keinen andern Weg?"
„Damit sie uns nicht angreifen?"
„Ja! Ich kann nicht glauben, dass du töten musst, Seth! Das kann ich nicht hinnehmen."
Er brüllte fast. „Ich gebe zu, dass es falsch ist, ein Leben zu beenden!"
„Es ist nicht nur falsch. Du bist ein Mörder!"
Sein Gesicht wurde kalt und das Glühen in seinen Augen erlosch. „Du verurteilst mich gerade dafür, was ich bin, Mia. Denn das einzige, was ich tue, ist mich zu schützen. Für mich gibt es keine Polizei, zu der ich gehen kann, oder einen Ort, wo ich davon frei bin. Ich kann nicht vor mir selbst davon rennen."
Er marschierte raus.

Völlig fertig sperrte sie den Laden ab und ging in den kleinen Büroraum. Das Sofa würde ihr reichen, denn Mia würde die Nacht nicht nach Hause gehen.
Denn sie konnte und würde keine Worte finden.

Sie wollte nicht, dass man Seth verletzte oder dass man ihn tötete. Allein bei dem Gedanken schmerzten ihr alle Körperteile und ihr wurde eiskalt.
Aber sie konnte nicht fassen, dass sie mit einem Mann zusammen war, der bereits mehrmals gemordet hatte. Und es immer wieder tun würde.
Die Tränen rannen über ihr Gesicht, als sie sich auf dem Sofa zusammenrollte. Ihre Hand umklammerte die Anhänger der Kette, die Seth ihr zum Einzug geschenkt hatte.

Kapitel 11

Am nächsten Morgen ging sie ohne Frühstück zu Logans. Der Himmel war in einem passenden wilden Sturmgrau und es regnete leicht. Der Eisenwarenladenn war völlig leer, weder Kunden noch jemand zum Bedienen waren anwesend. Sie schlich durch die Gänge mit Nägeln, Schraubenziehern und Pfeilen. Der metallene Geruch kitzelte in ihrer Nase.
Sie brauchte Antworten. Aber wie konnte sie Fragen stellen, ohne dass sie die Woods als Vargs enttarnte?
Mia wollte sich schon umwenden, als sie Schritte hörte. „Sie sind schneller gekommen, als ich gedacht hätte." Die tiefe weibliche Stimme traf sie schneidend. Langsam drehte sie sich um und war sich klar darüber, dass der fremden Frau, die sich noch nicht vorgestellt hatte, ihr blasses Gesicht und ihre verquollenen Augen nicht entgingen.
„Ich bin nicht hier, weil ich Hilfe brauche. Sie haben keine Ahnung, wie die Woods sind. Ihre Anschuldigungen sind falsch und furchtbar."
„Mag sein, aber Sie sind hier und nicht Ihr Anwalt, Mia Ashcorft. Und als reiche Erbin haben Sie vermutlich gleich mehrere Anwälte für verschiedene Anlässe, oder?"
Ihr Mund verbog sich zu einem provozierenden Lächeln. „Vielleicht zweifeln Sie nicht an ihrem Lover, aber vielleicht an anderen?"
Die schlanke Frau trat um die Ladentheke hervor. Sie trug Stiefel und eine Regenjacke. Der Nieselregen lag auf ihrem offenen, braunen Haar.

„Da Sie so viel über mich und meinen Freund wissen, sollten Sie sich nun auch vorstellen."
Die Frau kam vor ihr zum Stehen. Mia war eingeschüchtert, da diese Frau einen athletischen Körperbau hatte und sie um einen halben Kopf übertraf.
„Ich bin Logans Schwester, Sharon Rogers." Sie streckte ihr die Hand hin.
Mia musterte sie nur. „Warum sagen Sie, dass Leichen gefunden werden? Von Morden lässt sich nichts im Internet finden. Ich denke, dass es in den Medien auftauchen würde, wenn hier massig Morde stattfinden würden."
„Oh, ich sagte nie, dass die Polizei davon weiß. Sie halten es für Tierangriffe, aber ich sehe nur das Werk von Irren, die wie Tiere jagen gehen." Sie drehte sich auf der Stelle und ging etwas von ihr weg. „Aber mein Bruder und ich – so wie andere im Ort – haben ein Auge auf die Woods. Und wir wissen, dass Sie keine normale Familie sind. Sie sind nicht nur einfache Kriminelle, wie die meisten denken, sondern Verrückte. Und wir haben mehr als genug Grund anzunehmen, dass Sie wissen, was sie da in ihrem Anwesen und dem angrenzenden Wald treiben, Miss Ashcroft."
„Und was ist, wenn ich eine von ihnen bin? Ich meine, ich lebe bei ihnen, warum sollte ich anders sein?"
„Keine Ahnung! Die Frauen scheinen anders. Aber Sie – nehmen Sie es nicht persönlich – Sie sind nicht annähernd der animalische Typ."
Oh, wie wahr! Aber Mia war nur froh, dass die Frau auf der falschen Fährte war. Gestern hatte es für sie geklungen, als würde sie die Wahrheit kennen...

Dennoch krochen Mia Befürchtungen verschiedener Art über den Rücken. Diese Leute hatten vielleicht falsche Ideen und keine Beweise, aber sie waren verdammt nah dran, ungemütlich zu werden.
Mia schüttelte eilig den Kopf: „Sie wissen, dass das verrückt klingt? Beinah schizophren?"
Sie sah Sharon unumwunden in die Augen, denn wenn sie eins gelernt hatte, dann Seths Ruhe und schweigende Dominanz in einem Augenkontakt für sich zu nutzen. Sharon knickte nicht ein, aber sie schien wirklich keine Beweise zu haben. Nichts, was sie noch vorbringen konnte.
„Ich bin nur hier, weil Sie zu mir gekommen sind und mit Beschuldigungen gegen Menschen um sich werfen, die meine Familie geworden sind. Beschuldigungen, die mich sowohl wütend wie auch ungläubig machten. Wie kommen Sie dazu? Haben Sie irgendwas in der Hand?"
Nun packte sie wirklich der Zorn: „Wie können Sie wagen zu sagen, dass die Woods Mörder sind?"
„Ich alleine, ja?", ein sardonisches Grinsen auf Sharon Rogers Miene erschien. „Gehen wir die Fakten durch. Sie sind ja offenbar hier, weil Sie wissen wollen, was ich weiß. Tatsache ist, dass in den 50er und 60er Jahren Jäger und Holzfäller verschwanden. Die Woods zogen in den 50er her, aber wir hatten keine großen Raubtiere nahe der Stadt. Außer den Füchsen und paar Kojoten. Die Wölfe sind stark zurückgegangen.
Und es wurden auch drei Leichen in den 70er Jahren gefunden. Eine davon war eindeutig zerfleischt worden. Man schob es auf Bären... Die letzte Leiche war

der alte Wood vor mehr als 15 Jahren selbst. Mit zerfetzter Kehle. Sein zweitältester Sohn hatte ihn gefunden."

Mia wurde kalt. Seths Vater war von den wilden Vargs getötet worden. Mehr wusste sie nicht. „Und darum ist er schuld? Weil er ihn fand?" Ihr Unglaube über diese Schlussfolgerung war greifbar.

„Nein, nicht bei seinem eigenen Vater. Aber die Vorfälle waren alle hier in den Wäldern. Und das angebliche Opfer des Bären war nur zwanzig Meter von ihrem Grundstück entfernt."

Ihr Herz klopfte viel zu schnell und holprig. Mia hatte keine Ahnung, was sie sagen sollte. Waren diese Toten Wilde Vargs in ihrer menschlichen Gestalt? Seth sagte zwar, dass sie sich nicht mehr in Menschen verwandelten, aber...

Log er? Waren das seine Opfer?

„Sie kommen ins Grübeln!", sagte Sharon selbstzufrieden. „Wissen Sie was? Schlafen sie darüber, reden Sie mit ihm – auf eigene Gefahr. Und dann kommen Sie wieder."

„Was versprechen Sie sich davon?"

Sharon trat von einem Fuß auf den anderen. Das Gesicht entschlossen. „Auch wenn die Polizei behauptet, dass die Woods völlig unschuldig seien. Menschen schützen andere Menschen vor Monstern. Ich werde nicht zulassen, dass sie sich an Unschuldigen vergreifen. Wir müssen ihnen zuvorkommen. Uns wehren!"

Die Worte knallten durch ihren Kopf. *Taten so etwas Menschen, ja?*

Ihr Mund war trocken und sie ging wortlos hinaus. Diese Menschen hier in diesem Ort waren eindeutig

anders als sie. Für Mia war immer klar gewesen, dass man im Falle eines Angriffes die Polizei rief. Man nahm nicht selbst die Sache in die Hand. Und wenn man sich wehren musste, tötete man diesen dennoch nicht... Ihre Gedanken stockten.
Sie wusste, dass genug Menschen genau aus diesem Grund Waffen hatten und im Notfall nicht zögern würden, den Tod des Angreifers in Kauf zu nehmen. Für sie selbst weit hergeholt. Sie war behütet groß geworden. Ohne jeglichen Kontakt mit Gewalt. Aber ein Mensch aus einem anderen Umfeld, wie Sharon, sah wohl kein Problem darin, eine Gefahr auszuschalten.
Sharon und ihr Bruder wollten die Gefahr beseitigen. Die Gefahr in Form von den Menschen, die Mia mehr und mehr als ihre Familie ansah. Diese Frau würde Seth in seiner vargischen Gestalt eine Kugel in den Schädel jagen, ohne sich je schuldig zu fühlen. Sie würde nur ein Monster sehen, was sie erlegt hatte und keinen Mann, der lautstark Frühstück zu bereitete, mit seinen Brüdern rumalberte oder ihr Küsse gab.
Das beklemmende Gefühl war mächtiger als je zuvor. Nach wie vor wusste sie nicht, ob Seths Weg richtig war. Er tötete Lebewesen, die eindeutig keine Tiere waren. Sie hatten ein Bewusstsein, eine hohe, Menschen ähnliche Intelligenz.
Aber er konnte eben keine Hilfe rufen. Keine Polizei würde ihm helfen können, ohne dass er die Vargs der Menschheit präsentierte. Er könnte weg von den Vargs in die Stadt ziehen, um dort wahnsinnig zu werden. Ein Varg in einer Stadtwohnung war wie ein Wolf

in einem traurigen Gehege im Zoo, wo sie vor sich vegetierten. Und in einen anderen Ort nah der Wälder zu ziehen bedeutete nur einen neuen Revierkampf…
„Mia?" Ihr Kopf flog hoch. Es waren Cam und Zayn. Die beiden Jungs hatten Rucksäcke dabei und glotzten sie an, wie sie aus dem Geschäft ins Freie trat.
Zayns Augen wurden schmal: „Was hast du bei denen gemacht?"
Schlagartig wurde ihr klar, dass die Woods von den selbsternannten Beschützern der Stadt wussten, die schon ihre Mistgabeln für sie wetzen. Allerdings nahmen sie Killer statt Frankenstein und Co an.
„Es ist nicht, wie ihr denkt…" *Klar, war es ja nie, wenn dieser Satz fiel!*
Zayn schnaubte wütend. „Dann kann ich es also Seth sagen?"
„Mia? Wie konntest du…? Die hassen uns", sagte Cam und sein sonst unbekümmertes Gesicht war eine starre Maske.
„Ich habe nichts gesagt!", beschwor sie sie. Die Tür öffnete sich hinter ihr und sie musste sich nicht umsehen, um zu wissen, dass Sharon heraustrat.
„Machen die Jungs Ihnen Ärger?", die Stimme gehörte allerdings zu einem Mann. Mia sah nach hinten. Neben Sharon stand ein braunhaariger Mann mit faltigem, aber eigentlich attraktivem Gesicht. Das musste Logan sein, ihr Bruder.
„Nein!", sie trat von der Tür weg und ging zu den beiden Jungen. Sie griff nach ihren Armen. Zayn wich ihr schnell aus, während er Logan anstarrte, als würde er ihm gleich an die Gurgel gehen. Das allerdings in einer Ruhe, die ihr mehr Angst machte, als hätte er sich in

Rage vergessen. Cam glotzte nur Zähne knirschend auf sie nieder.

„Und müssen sie dich nun schon vor uns retten?", spie er.

„Sei nicht kindisch, Cameron!", blaffte sie ihn an.

„Zayn!", brüllte sie den schlanken Jungen an, der breitbeinig zum Laden stierte.

Mist, wer hätte gedacht, dass der Bücherwurm das Problem sein würde? Kalte Wut stand in seinen tief grünen Augen.

„Wir gehen!", befahl sie. Zu ihrer Überraschung setzte er sich in Bewegung, aber den Blick weiter zu dem Mann gerichtet. Mia folgte nun dem Blick und erkannte, dass Logan wirklich ein Jagdgewehr in der Hand hielt. Es war leicht hinter seinem Bein verborgen, aber sie konnte den langen Lauf sehen.

„Schämen Sie sich", spuckte sie wütend, „Das sind Jungs, die gerade zur Schule gehen!"

Sie zerrte Cam mit sich und schnappte auch Zayn am Ärmel, der ihr nun folgte. Beide könnten sich ohne kleinste Mühe von ihr losreißen, taten es aber nicht. Sie gingen bis zu ihrem Café, was sie gar nicht abgeschlossen hatte. Energisch stieß sie beide hinein.

„Beruhigt euch!", mahnte sie beide. Cam zog knurrig den Kopf ein. Aber insgesamt schien er besser unter Kontrolle als Zayn. Er lief zu einem Stuhl und ließ sich drauf fallen. Die langen Beine ausgestreckte und den Rucksack auf den Boden geworfen.

Zayn schoss wie ein dunkler Blitz auf sie zu: „Wie kannst du meinen Bruder verraten? Ich hätte nie gedacht, dass du so etwas tun würdest!"

Sie schüttelte mit zusammengepressten Lippen den Kopf. Zayn starrte mit ähnlicher Miene zurück. „Ich habe nichts verraten! Gestern kam Sharon zu mir und warnte mich vor euch – aber besonders vor Seth. Ich... Es hatte nicht wirklich damit zu tun, warum ich mich dann mit eurem Bruder gestritten habe. Ich... ich musste es nur..."
„Was? Von einem Menschen hören?", knurrte er. Mia blinzelte. „Wenn ein Werwolf beteuert, dass er unschuldig ist, bedeutet das wohl nichts für dich, was?"
„Unschuldig?", murmelte sie. Dann schlug sie die Arme um sich. Wie viel wussten die beiden Teenager? Aber sie kniff die Augen zusammen: „Ihr seid ein vollwertiger Teil des Rudels, nicht wahr?"
Zayn nickte, nahm nun bei ihrem rationalen Ton mehr Haltung an. „Ja, sind wir."
„Dann kämpft ihr auch gegen die Wilden?"
Seine schönen, Seths ähnlichen Augen wurden düster: „Gegen sie kämpfen ist falsch. Wir schützen unser Revier und somit auch die Stadt vor ihnen."
„Habt ihr welche getötet?"
Zayns Gesicht wurde nun starr. Mia konnte nicht sagen, was er dachte, aber dann zog er leicht den Kopf ein. Sein Lockenkopf wandte sich ab.
„Wir töten sie nicht. Das tuen wenn nur Seth oder Fergus. Sie sind unsere Anführer. Aber in Notwehr..."
Zayn trat von ihr weg. Mia wusste, dass etwas passiert sein musste. Etwas, was er ihr nicht sagen konnte, ihn aber belastete. „Seth will nicht, dass wir uns schlecht fühlen."

Mia schätzte die Vorsichtsmaßnahme, aber der schale Geschmack blieb. Wieso Schuld, wenn es angeblich unvermeidlich ist?
„Jedes Leben ist kostbar. Auch wenn es bewusst und mit besten Gründen ausgelöscht wird, sollte das immer Schuld hinterlassen", Zayn war leichenblass geworden.
Nun konnte sie sich bestens vorstellen, was den Jungen belastete. Er hatte einen wilden Varg getötet. Sie fuhr sich mit den Händen über die Augen, wo sie jetzt Tränen spürte.
Das Leben dieser Jungs war ein ganz anders als das anderer Kinder. Es erinnerte sie immer mehr an Kriegsgeschehen.
„Ich fahre nun zur Werkstatt, um mit Seth zu reden. Geht ihr in die Schule - oder ist das keine gute Idee?", sie sah zu Cam, der schweigend zu ihr sah. Wenn sie die Kontrolle über sich verloren, war das das Ende.
„Wir gehen nach Hause", schloss Cam.
Ohne Abschiedsworte waren die beiden weg.

Sie fuhr mit dem alten Ford Mustang, der einst Seths erstes Auto war und den er liebevoll restaurierte, hinüber zur Werkstatt. Als Mia ausstieg, sah sie Seth bereits auf sich zu kommen, während sie die Tür zuwarf. Offenbar hatte er auf sie gewartet.
Er trug wie immer Jeans und T-Shirt, aber verwundert stellte sie fest, dass er ordentlich rasiert war und das Haar aus dem Gesicht gestrichen trug. Einige Strähnen ruhten auf seinen Schultern.
„Paige rief an und sagte, dass die Jungs nicht in die Schule gehen", erklärte er ihr.

„Und was sagte sie noch?", sie schob ihre Hände in die Taschen. Eine Geste, die sie von ihm übernommen hatte. Sie wollte damit widerstehen ihn sofort zu berühren.
„Dass du zu mir kommen würdest..." Seine Wangen schienen eingefallener als sonst, dachte sie traurig.
„Seth? Ich...", setzte sie an, wurde aber sofort unterbrochen.
„Was ich gestern sagte, werde ich nicht zurücknehmen. Ich stehe zu meinen Taten und weiß, dass es nur so geht. Das hier ist kein Feriencamp. Und nicht deine Welt."
Seine Worte akzeptierend nickte sie. „Ich glaube dir, dass es für dich der einzige Weg ist, deine Familie und dein Rudel zu schützen." Sie leckte sich die Lippen. „Was ich nicht begreife ist... Du sagtest, dass Vargs menschliches Bewusstsein haben. Du... tötest", das Wort zwang sie über ihre Zunge, „Menschen."
„Nein, menschliches Bewusstsein. Ja. Ich habe das. Meine Familie, meine Rudelgefährten. Und - zugeben - die wilden Vargs haben das in gewisser Weise auch. Aber Mia, ich verstehe, dass es schwer zu begreifen ist, was sie sind, aber sie sind in ihrem Denken anders als wir."
„Seth! Weißt du, dass es das schon oft gab? Menschen, die andere Menschen aus anderen Kulturen niederschlachteten, weil sie sie für nicht menschlich genug hielten? Sie zu Tieren deklarierten? Das ist keine Lösung!"
Seine Augen flammten auf: „Wir sind KEINE Menschen. Und sie auch nicht. Sie sind aber nicht, wie wir,

den Menschen ähnlich!" Die Worte hallten gegen ihre Ohren.
Seine Zähne waren zu Fängen geworden. „Seth, du sagtest mir, dass wir gar nicht so verschieden sind. Dass du fühlst und liebst... Dass dich das zum Menschen macht. Und ich weiß, dass es so ist."
„Ja, tue ich auch. Aber anders. Ich... Wir ticken eben anders. Wir haben etwas an uns, was einfacher und animalischer gestrickt ist, als euer Verstand und eure Gefühle. Aus diesem Grund habe ich genau fünf Minuten gebraucht, bis ich wusste, dass du mir gefällst. An jenem Morgen am Pool, als du mich wie ein Ungeheuer zu Stein erstarrt angesehen hast. Da roch ich dich. Deinen Duft. Der gefiel mir. Sag mir, ob das menschlich ist!?"
Sie schüttelte nur noch mehr verwirrt den Kopf.
„An uns ist vieles wie an euch. Ich habe nie gelogen. Aber wir sind eben auch mehr..."
„Und die wilden Vargs? Sind sie das nicht?"
„Nein... Sie sind mehr Instinkt und Trieb gesteuerter. Nur, wenn ich sie als Tiere bezeichne, bin ich dann in deinen Augen auch eins?"
Ihre Blicke trafen sich.
Nein, war er nicht.
„Ich muss dir auch etwas sagen. Heute Morgen war ich bei Sharon und Logan Rogers... Die mit dem Eigenhandel...", fügte sie erklärend hinzu.
Seth nickte nur schnell und sie erzählte ihm alles, was passiert war.
„Zayn ist völlig ausgerastet. Ich dachte nicht, dass der ruhige Streber wie Pulverfass sein kann", endete sie ihren Bericht.

„Zayn mag dich nur", sagte er leise und rieb sich über die Augen.
„Du glaubst mir, oder? Ich habe euch nicht verraten."

Mia stockte. Sie waren da, wo sie zu Beginn ihrer Beziehung bereits gewesen waren. Sie konnte nicht alles an ihm akzeptieren und fürchtete sich – nicht ihn, aber sein Leben. Und Seth hatte Probleme darauf zu vertrauen, dass sie sie nicht verriet.
„Wir kommen nicht weiter...", flüsterte sie.
„Mia!", in seiner Stimme lag ein Flehen. Schon wieder brannten Tränen in ihren Augen. „Du vertraust mir immer noch nicht völlig."
„Du mir doch auch nicht."
Ihre Hände bebten. „Vertrauen ist nicht mein Problem. Ich weiß, dass du mir nicht wehtun würdest. Selbst jetzt, wo du denkst, dass ich dein Geheimnis ausgeplaudert habe. Aber ich weiß einfach nicht, ob ich damit klar komme, dass du ständig dein Leben gefährdest. Irgendwann kommst du von einem Kampf vielleicht schwer verletzt oder gar nicht mehr wieder." Ihr Hals war rau, da sie sich ein Schluchzen nicht gestattete.
„Doch ich kann nicht nachvollziehen, was du tust. Ich sehe dich nicht als Mörder. Aber... du *tötest*... und es übersteigt meine Moral. Es ist irgendwo außerhalb meiner ethnischen Gefühle für Richtig und Falsch."
Nur ein Meter trennte sie voneinander. Doch keiner tat einen Schritt nach vorne.
„Ich fahr jetzt zum Café. Da hab ich alles, was ich brauche, um nachzudenken. Einschließlich Ruhe, da keine Gäste kommen", fügte sie bitter hinzu.

Kapitel 12

Es war stockfinstere Nacht, als es laut schepperte und Mia vom unruhigen Schlaf hochfuhr. „Seth!?", rief sie ins Dunkle.
Mit tastenden Fingern schaltete sie das Licht an. Umrisse nahmen vor ihren müden, brennenden Augen Gestalt an. Im Türrahmen stand auf allen Vieren ein Varg, den sie nicht kannte. Seine glühenden Augen fixierten sie. Der muskulöse Körper war bulliger als Seths. Gedrungener. Speichel tropfte von den still gefletschten Fängen.
Ihr Puls raste. „Hallo?", flüsterte sie.
Es konnte nicht sein! Es musste Connor… Oder…
Die gelben Augen wurden zu Schlitzen. Aber in den Augen war kein Abwegen. Kein Zögern. Und nichts vertraut Menschliches.
Und dann knurrte er, als er einen Satz auf sie zu machte. Mia schlug die Arme vor das Gesicht, so dass sie sich selbst den Unterarm in die Nase rammte, als der schwere Körper mit voller Wucht auf ihr landete. Der Aufprall seines Gewichts krachte durch ihren Körper. Schmerz explodierte in ihrer Schulter. Das Knurren war so nah vor ihrem Gesicht, dass Feuchtigkeit gegen ihre Haut dampfte.
Er hatte nach ihr geschnappt, sie aber nicht erwischt. Nach einem dumpfen Knall wurde das Gewicht von ihr gerissen und Mia konnte sehen, wie Fergus mit dem fremden Werwolf auf dem Boden landete. Der andere Varg zögerte nicht und schlug sofort seine Zähne in dessen Arm. Fergus brüllte gepeinigt auf, während er sich in einen Varg verwandelnd mit aller Kraft auf den

unter sich liegenden Varg einschlug. Seine große Faust traf auf den schnappenden Kiefer. Es gab ein ekelhaftes Knacken von Knochen. Der Fremde zischte. Er wand sich unter Fergus hervor und trat nach diesem, so dass er weggeschleudert wurde und neben ihr auf dem Sofa aufkam. Seine Krallen rissen den Holzboden auf, als Fergus schlitternd neben ihr zum Halten kam. Ohne Zögern legte er einen Arm vor sie und fletschte die Zähne, die Geste sagte: An sie kommst du nicht ran!
Dem anderen rann Blut aus dem Maul und aus der Nase. Mia merkte nun verblüfft, dass der andere Varg keinen menschlichen Körperbau wie Seth und seine Brüder hatte, wo er da seitlich zu ihr gedreht stand. Seine Hände waren wirklich Pfoten und sein Körper weniger gestreckt, sondern noch mehr wie der eines echten Wolfes. Mia konnte sich nicht vorstellen, dass er auf zwei Beinen laufen konnte.
Dann erschien der schwarzer Varg vor dem zerbrochenen Fenster, durch das Fergus gekommen sein musste. Seth fixierte den Fremden und zeigte Zähne. Zog die Lefzen nach hinten und knurrte in kaum menschlichen Worten: „Verpiss dich sofort! Verstanden?"
Der andere schnappte ohne Kontrolle in die Luft, als würde er gerne Seths Luftröhre rausreißen. Dann entschied er anders und stürzte sich abermals auf Fergus. Dieser heulte auf, als der Angreifer seine Zähne in seinem Nacken versenkte. Doch Seth riss den Varg an der Kehle herum, so dass er in die Luft gerissen wurde.
Seth schüttelte ihn tief grollend. Gelbe Augen zuckten wild zu Mia. Sie war sein Ziel gewesen.

Mit einer eleganten, kraftvollen Windung entriss sich der Varg Seths Griff, doch dieser schlug ihn sofort nieder. Warnend sah er auf den unterliegenden Fremden herab. Dieser rappelte sich auf. Draußen erklang ein entferntes Heulen, woraufhin der wilde Varg verschwand. Seth setzte ihm ohne einen Blick zu Mia nach.

Zitternd blieb sie auf dem Sofa kauern. Seth wie auch der Angreifer waren weg. Fergus packte sie und drehte sie zu sich. „Ist alles ok?"
„Mir ist nichts passiert!", heulte sie auf und fiel Fergus um den Hals. Sie konnte nicht mehr. Sie weinte und weinte. Fergus blieb steif sitzen und tätschelte ihr den Kopf.
„Na, na."
Da musste sie über seine Hilflosigkeit sie zu trösten lachen. Mit bebenden Händen strich sie über ihre nassen Wangen. „Bist du verletzt?", fragte er sie noch mal.
„Nein, aber du? Ich hab gesehen, wie er dich…"
„Nur ein paar Kratzer. Keine Sorge."
Er stand auf und blickte auf sie nieder. Beide sahen dann stumm den Schaden an. Der Boden war aufgeschlitzt, die Scheibe des Fensters zersplittert…
Und doch konnte sie nur an Seth denken.
„Er ist wütend auf mich, nicht wahr? Weil die alte Hexe mich verunsichert hat und ich so unfair zu ihm war."
Sie sank zurück und sah in Fergus' Varggesicht. Er war schlanker und heller als die Woods. Die Augen eisblau.
„Du hast nur seinen wunden Punkt getroffen. Die Woods geben sich Mühe, wie Menschen zu sein. Da,

wo ich herkomme, macht man sich nicht viel Gedanken darum. Die Vargs in den Wäldern haben schon vor langer Zeit ihre Verbindung zu ihrem Menschsein verloren." Dieses Geständnis fiel ihm schwer. „Oder sie hatten es nie."
Mia fiel auf, was er gesagt hatte: *Da, wo ich herkomme.*
„Sie sind zwar sehr intelligent, aber nicht mehr fähig, wie wir zu denken." Er schwieg und sah Mia an. „Konntest du den Unterschied sehen? Ihre Körper werden immer mehr zu denen eines reinen Biestes."
Sie zwang sich die Tränen wegzublinzeln und nickte.
„Wo kommst du her, Fergus? Du bist nicht wie dieser Varg…"
Er neigte kaum merklich den Kopf: „Meine Eltern starben und ich wuchs bei wilden Vargs auf. Sie nahmen mich als einen der ihren auf. Ich kenne sie besser als jeder andere."
Die stille Botschaft verstand sie. Fergus war wie einer von ihnen aufgewachsen und sah dennoch keinen Grund, anders als Seth zu handeln.
Mia schloss die brennenden Augen und rieb sich die schmerzende Schulter. Niemals wäre ihr der Gedanke gekommen, dass das mal ihre Realität werden würde.
„Kommst du mit?", fragte er und trat auf die Tür zu.
Sie saß in sich gesunken da.
Langsam schüttelte sie ihren Kopf. „Ich weiß nicht, was ich zu ihm sagen soll. Eine Entschuldigung ist wohl nicht ausreichend…"
Fergus seufzte und betastete die Stelle am Arm, wo der Varg zugebissen hatte. Getrocknetes Blut klebte in dem hellen Fell.

„Was willst du sonst tun? Ihm ein Schachtel Pralinen kaufen?", er lachte trocken, was aber eher wie ein Grollen klang, und verschwand.
Dann tauchte er noch mal auf. „Übrigens hast du keine Wahl. Wir können dich nicht hier alleine lassen. Es ist Neumond und die Wilden kommen bei den dunkeln Nächten näher an die Stadt als sonst. Wir riskieren nicht, dass noch mehr zu dir kommen."
„Warum hat er mich angegriffen?", fragte sie nun und stand schwankend auf.
„Du riechst nach Seth. Aus jeder verdammten Pore", war die wenig beschönigende Antwort, unter der sie schamhaft zusammenfuhr. „Los jetzt, bevor noch die Polizei wegen dem Krach auftaucht."

Mit flauem Gefühl im Magen fuhr sie nach Hause. Fergus war nicht mit in den Wagen gestiegen, sondern lief. Er meinte, es könnte zu einer blöden Situation kommen, wenn er in Vargform im Auto saß. Als sie ankam, tauchte er aus dem Wald auf und winkte ihr, dass sie ins Haus gehen sollte. Sie lächelte ihm zu und formte einen stummen Dank. Er schnaubte nur, doch sie glaubte ein Zwinkern zu sehen.
Im Haus war es dunkel und leer. Cam, Zayn und Conner waren vermutlich im Wald jagen. Paige war zwar da, doch sie würde sich nicht einmischen.
Mia ging hoch zu ihrem Schlafzimmer im zweiten Stock. Leise öffnete sie die Tür, aber Seth war nicht da. Das Bett war unangetastet und auf dem Sofa saß er auch nicht. Sie biss sich auf die Lippe und stand zögernd im Türrahmen.
„Komm rein!"

Sie zuckte zusammen und sah dann nah am Fenster seine Augen aufleuchten. Er hatte sich nicht zurückverwandelt und schien auch kein bisschen versöhnlich. Sie schloss möglichst leise die Tür, was Blödsinn war. Wenn jemand im Haus war, würde er eh alles hören.
Ohne ihn anzusehen machte sie das Licht an und ging zum Sofa. Sie setzte sich und sah auf ihre Hände. „Ich weiß nicht, was ich sagen soll...", murmelte sie leise.
„Um ehrlich zu sein, habe ich auch keine Lust zu reden. Und würde ich nicht Angst haben, dass du heute noch mal ihr Ziel wirst, wäre ich auch nicht hier." Seine Stimme war tiefer und grollender als sonst. Er war zu wütend, um seine menschliche Erscheinung am Neumond aufrechtzuerhalten. Sie kniff die Augen zusammen.
„Warum haben sie mich angegriffen? Das ist vorher auch nie..."
Er unterbrach sie. „Bis jetzt war immer einer von uns bei dir. Ist dir das noch nie aufgefallen? Bekka und Paige sind auch selten alleine. Vor allem nicht nachts, außerhalb des Hauses. Es ist zu gefährlich. Was meinst du, warum Rosa nicht herkommen soll? Sie sollen sie nicht bemerken und ihr nachschleichen. Aber Cam riecht jetzt sowieso immer nach ihr. Und aus dem Grund ist immer einer vom Rudel nahe ihres Hauses."
„Du hast noch nie darüber mit mir gesprochen!"
„Weil ich dich nicht ängstigen wollte! Und das geht verdammt leicht", donnerte er.
Sie schwiegen befangen.
Mia konnte ihn verstehen. Auch wenn sie sich übergangen fühlte. „Mach das nicht, Seth! Bitte, rede mit

mir! Das hat mich heute völlig unvorbereitet getroffen!"

Er lachte kurz böse auf: „Was soll ich noch sagen? Hast du nicht klar gemacht, dass du mich nach wie vor nicht, als mich selbst siehst."

„Das ist es nicht! Du tust so, als wäre das nicht alles ziemlich starker Tobak! Aber das ist es! Es ist ziemlich krass. Kann ja sein, dass es in Actionfilmen normal ist, dass geschossen wird und Fäuste fliegen. Aber für mich ist das alles ein Alptraum. Nicht jeder ist zum Helden geboren und steckt Gewalt wie nichts weg!"

„Das erwarte ich auch nicht. Nur, dass du mir glaubst, dass ich alles nach bestem Gewissen tue. Ich töte nicht wahllos oder leichtfertig. Und falls du dich fragst, es ist keine unübersehbare Zahl. Es waren vier, an die ich mich immer wieder erinnere... Und einer von ihnen hat meinen Vater vor meinen eigenen Augen getötet, als ich gerade achtzehn Jahre alt war. Er hatte es verdient."

„Das hast du mir nicht erzählt...", flüsterte sie betroffen.

Seth schüttelte den Kopf. „Weil es mich nach wie vor schmerzt. Für mich war mein Vater unbesiegbar. Ich hatte mir nie vorstellen können, dass er so früh sterben würde, dass es überhaupt mal eine Zeit ohne ihn geben würde. Und dann...", er brach ab. „Ich werde diese Bilder nie vergessen. Niemals."

Sie wollte zu ihm, aber er drehte sich grimmig weg. „Ich würde dir dafür nie Vorhaltungen machen. Ich weiß nur zu gut, wie schlimm es ist, jemanden zu verlieren. Es tut mir so leid, Seth!"

„Ich weiß doch, Mia."

Sie hielten eine Weile inne, weil keiner mehr die richtigen Worte hatte. Sie konnte seine schmerzhaften Erinnerungen gerade zu fühlen.

„Ich habe den Varg gesehen... Er sah anders aus als du", brachte sie dann hervor, da sie wusste, dass er nicht mehr über seinen Vater reden wollte.

Sie sah zu ihm auf, blickte in sein Wolfsgesicht. Die hell leuchtenden Augen sahen sie aufmerksam an.

„Ihr seid nicht die gleiche Art... Er war ganz anders gebaut. Seine Hände waren Pfoten und... Ich hab die Intelligenz zwar in seinem Blick gesehen. Sie verstehen unsere Sprache, nicht wahr? Aber sie denken nicht wie wir... Es ist...", sie brach ab. So eine Art von Bewusstsein war den Menschen unbekannt. Sie konnten es nicht benennen.

Tränen entwischten ihr und eilig wischte sie sie fort.

„Ich sehe für dich nicht aus wie sie, oder?", fragte er nun ruhiger.

„Nein, tust du nicht", sagte sie gefasst und sah zu ihm auf. „Und ich fürchte mich einfach vor allem. *Aber nicht vor dir.*"

„Ist das alles?", fragte er mit scharfem Unterton.

Sie schüttelte den Kopf und suchte mit ihm Blickkontakt. „Heute Morgen sagte Sharon fast das gleiche wie du. Dass man zum Schutz andere angreifen oder sich zur Wehr setzen muss."

Mia seufzte: „Ich weiß, dass andere Menschen taffer sind als ich. Dass andere schneller die Logik und die zwingende Wahrheit erkannt hätten, die in deinem Tun steckt."

Mit einem Zittern in den Knochen stand sie auf und ging zu ihm. Sie meinte es, wie sie es sagte. Blieb nah

vor ihm stehen. Wortlos streckte sie die Hand aus. Strich über seine Brust. Grub dann ihre Finger in das weiche, lange Fell an seinem Hals.
„Ich fürchte mich davor, dass jemandem Schmerz zu gefügt wird. Ich hasse Gewalt. Aber noch mehr als Gewalt hasse ich den Gedanken, dass *du* Schmerzen hast. Dass denke ich immer wieder, seitdem mir klar wurde, woher all die Narben auf deiner Haut stammen."
„Sag mir nur, ob das immer wieder zwischen uns stehen wird… Ich werde das nicht ändern können. Wenn du das nicht akzeptieren kannst, dann werde ich dich gehen…"
Schnell hob sie die Arme. Mit beiden Händen hielt sie ihm den Mund zu, indem sie ihre Hände um seine Schnauze legte. Sie lächelte zittrig. „Ich bleibe bei dir, wenn du mich willst. Denn ich will dich."
Bewusst griff sie seine Worte von damals auf, als er nach Boston gekommen war.
Und ihre Stimme zitterte kein bisschen. Es war die Wahrheit.
Tief in ihrem Inneren war im Laufe des Tages mehr und mehr die Erkenntnis gewachsen, dass sie ihn mit Haut - und Fell - wollte und das, weil er großartig war. Auf eine Art und Weise, die sie als Mensch nur allmählich verstand.
Sie ließ die Hände sinken, aber er fing sie auf und leckte darüber.
Errötete sah Mia zu, wie seine Zunge in kleinen, testenden Zügen über ihre Finger fuhr. Sie versuchte, sich ihm zu entziehen, aber er hielt sie fest.
„Was machst du?!", quiekte sie.
Er lecke langsam weiter.

„Ich konnte nicht widerstehen."

Sie riss die Augen auf, aber er lehnte sich vor und leckte ihr über die Wange und nur ein Blinzeln lang über Lippen.

Ihr wurde heiß vor Scham, aber auch von dem sinnlichen Gefühl. Mit Tränen in den Augen suchte sie seinen Blick. Seine Hand ließ ihre Finger los und legte sich um ihren Nacken.

„Ich vertraue dir. So sehr, dass ich weiß, dass du das Problem mit Sharon löst."

„Ich?", fragt sie ungläubig.

„Mh,… Ich denke, dass du sehr überzeugend sein kannst."

Sein Daumen zeichnete Kreise auf ihrer erhitzten Haut. Endlich war ihr wieder warm.

Sein Kopf senkte sich. „Gib mir einen Augenblick, tust du das?"

Sie nickte eilig und sah dann zu, wie er mit geschlossenen Augen vor ihr verharrte. Er war regungslos, doch seine Finger liebkosten sie weiter. Dann konnte sie sehen, wie die Veränderung verlief und wenig später sah sie Seths' menschliches Gesicht an. Seine Kiefermuskeln zuckten.

„Nur einen Kuss lang!" Dann senkte er den Kopf und drückte seine Lippen auf ihre. Es war kein erotischer Kuss, sondern er war tröstlich, vertrauensvoll und vor allem war er ein Versprechen zwischen ihnen beiden. Sie würden den Rest auch noch schaffen.

Dann zog er den Kopf zurück und Mia musste feststellen, dass er wieder in seiner anderen Gestalt war. „Tut mir leid. Neumond", er zuckte mit den massigen Schultern.

„Egal, halt mich nur fest", damit zog sie ihn Richtung Bett. Wo sie sich erschöpft zusammenrollte und Seth sich beschützend an sie schmiegte.
„Ich liebe dich, Seth", flüsterte sie.
Sein Arm schlang sich um sie und zog sie eng an sich.
„Ich weiß."

Man konnte Menschen, die Angst vor etwas hatten, nicht einfach die Sache ausreden. Damit kannte sie sich aus. Das musste jeder selbst durchleben und erfahren, bis er etwas begreifen konnte.
Im Geschäft fand sie Logan, der gerade einem Mann half die richtige Säge auszusuchen. Als sie in den Laden kam, musterte er sie wissend.
„Sharon ist hinten im kleinen Büro." Er wies auf die Tür hinter dem Tresen.
Mia ließ sich nicht bitten und trat in den Raum, wo Sharon gerade am PC arbeitete. Sie sah überrascht auf, als Mia eintrat und die Tür hinter sich zu zog.
„Was kommt jetzt? Die Drohung Ihre liebe, neue Familie in Ruhe zu lassen?"
Langsam schüttelte Mia den Kopf: „Da Sie Drohungen und Kampfansagen erwarten und ich so ziemlich der größte Feigling auf Erden bin, sage ich Ihnen etwas anderes."
Die ozeanblauen Augen, der etwas älteren Frau sahen sie abwartend an. Ihre Finger ließen von der Tastatur

ab und sie verschränkte die Arme. „Bitte, dann bin ich mal gespannt."
„Ich mach es kurz. Wenn Sie wollen, kommen Sie morgen Abend in mein Café. Von mir aus mit massig Begleitung. Die Woods werden da sein. Bekka wollte mit ihren Kolleginnen plaudern. Die Männer werden den Fernseher anschließen, so dass sie in meinem süßen Café Sport sehen können. Und Cameron bringt seine Freundin mit."
Sharon zog eine Augenbraue hoch. „Wollen Sie beweisen, wie normal und lieb sie allen sind? Keine kriminellen Irren, die mit Metallklauen jagen und töten?"
Das Bild ließ sie erschaudern, aber Sharon war weit weg von der Realität. Etwas, was sie beruhigte.
„Sie sind keine Psychopathen oder Mörder. Was auch immer Sie dazu bringt, das zu denken." Mia hatte nicht das Gefühl, dass ihr Plan aufging. Um genau zu sein, war sie sich sicher, dass Sharon oder Logan niemals ihre Einladung annehmen würden. Und falls sie kamen, rechnete sie mit einem Gefecht.
Aber Seth hatte gesagt, dass er ihr vertraute und dass sie das alleine hinbekommen konnte. Außerdem schien es nichts Neues für die Woods zu sein. Es gab wohl schon seit der Kindheit seiner Eltern Menschen, die ihnen argwohnten. Doch Tatsache war, dass sie ihnen keine Beweise lieferten.
„Miss Ashcroft, ich habe vielleicht noch nichts in der Hand, aber im Gegensatz zu den anderen Bewohnern der Stadt verschließe ich nicht die Augen und sehe alle Morde und Angriffe, die zu den Woods führen."
Frustriert schüttelte Mia den Kopf: „Sündenböcke findet man für alles. Und wäre Ihr Verdacht nicht völlig

absurd und bar jeder Grundlage, würden Ihnen auch die Polizei glauben und mehr ermitteln. Ach, warten Sie! Das hat man ja."
Bitternis spülte über sie hinweg, als sie an die Ereignisse von vor mehr als 15 Jahren dachte. Seth hatte ihr erzählt, was damals passiert war. „Man hat einen 18 Jahre alten Seth Wood sowie seinen Bruder Connor Wood verhört. Immer und immer wieder, wegen Mord an ihrem eigenen Vater. Und man hat das Anwesen auf den Kopf gestellt. Doch nichts gefunden."
Schweigend sahen sie sich an.
„Nicht das erste Mal, dass die Polizei versagt", erwiderte Sharon nur kalt.
„Ich denke, dass Sie nur das glauben, was Sie glauben wollen."
Dann verließ sie das Büro. Man musste wissen, wenn man nicht weiter kam und vor eine Wand rannte. Das Gute war, dass die Rogers in ihrer hartnäckigen Verfolgung alleine waren und sie wirklich nichts beweisen konnten. Etwas, was sie nachts schlafen ließ.
Als sie aus dem Laden kam, lehnte Seth an seinem SUV und zog die Augenbrauen hoch. Sein schwarzes Haar war durch den Wind völlig verwildert.
„Kein Sondereinsatzkommando?" er drehte das Gesicht zum Himmel, der zwar wolkig war, aber eine hübsche weiße Decke bildete. „Keine Helikopter, die mich abknallen?"
Seine Mundwinkel kräuselten sich, als sie weiter auf ihn zu schlenderte.
„Ich hab dich nicht verraten, Wolf. Und ich bin die einzige, die das je könnte. Denn die da drinnen sind die Sorge nicht wert."

„Also muss ich mich nur um dich kümmern? Dann erhältst du ab jetzt lebenslange Überwachung, meine Liebe. Ich kann ja nicht zulassen, dass du mir gefährlich wirst, Rabbit." Einer seiner langen Finger schob sich in ihren Jeansbund, um sie näher ran zu ziehen.

„Ich werde dir schon noch zeigen, wie gefährlich ich werden kann…", murmelte sie ärgerlich. Ließ sich aber dann, bereitwillig in seine Arme ziehen.

Augenblicklich stieg ihre Körpertemperatur an, da Seth wie immer mehr Energie als ein Hochofen verströmte. Sein Kopf neigte sich leicht und er knabberte zärtlich an ihrer Unterlippe, bevor er sie innig küsste.

Ihre Hände suchten Halt auf seinem Rücken. Sie genoss das Gefühl seines starken Körpers an ihrem. Verließ sich auf seine Kraft, als sie sich an ihn lehnte. Erkannte seine Liebe für sie, als sie die Augen öffnete, während sie seinen Kuss erwiderte. Das helle Grün seiner Augen glomm leicht auf und ließ sie an seinem Mund lächeln. So wie er ihr sein Wohl in die Hand legte, indem er sie in sein unbegreifliches Leben ließ, vertraute und liebte sie ihn mehr, als es möglich sein sollte. Für ihn würde sie kämpfen.

ENDE